神秘海底城

[美]威勒德·普赖斯 著

杨伟娴 译

北京出版集团
北京少年儿童出版社

著作权登记号
图字：01-2010-1134
DIVING ADVENTURE by WILLARD PRICE
Copyright © WILLARD PRICE, 1970
Willard Price, the Willard Price Logo and Hal and Roger are trade marks of Willard Price Literary Management Ltd, used under licence by Beijing Juvenile & Children's Publishing House Co., Ltd.
This edition arranged with Willard Price Literary Management Ltd through Big Apple Agency, Labuan, Malaysia
Simplified Chinese edition copyright @ 2023 Beijing Juvenile & Children's Publishing House Co., Ltd
All rights reserved.

图书在版编目(CIP)数据

神秘海底城／（美）威勒德·普赖斯著；杨伟娴译. —2 版. — 北京：北京少年儿童出版社，2024.1（2025.7重印）
（哈尔罗杰历险记）
书名原文：DIVING ADVENTURE
ISBN 978-7-5301-6551-5

Ⅰ.①神… Ⅱ.①威… ②杨… Ⅲ.①儿童小说—长篇小说—美国—现代 Ⅳ.①I712.84

中国版本图书馆 CIP 数据核字（2022）第 258045 号

哈尔罗杰历险记
神秘海底城
SHENMI HAIDICHENG
［美］威勒德·普赖斯　著
杨伟娴　译

*
北　京　出　版　集　团　出版
北 京 少 年 儿 童 出 版 社
（北京北三环中路6号）
邮政编码：100120

网　　址：www.bph.com.cn
北 京 少 年 儿 童 出 版 社 发 行
新　华　书　店　经　销
北京同文印刷有限责任公司印刷
*
880 毫米×1230 毫米　32 开本　6.375 印张　150 千字
2012 年 1 月第 1 版　2024 年 1 月第 2 版　2025 年 7 月第 3 次印刷
ISBN 978-7-5301-6551-5
定价：28.00 元
如有印装质量问题，由本社负责调换
质量监督电话：010-58572171

序 言

我们的脑袋是圆的,像个地球仪。而且每个人的脑袋里,可能会想到地球,它的体积有多大?年龄有多大?有哪些有趣的人和事?但对任何人来说,地球都是一个庞然大物,即使倾其一生,也不可能把它跑遍了。怎么办呢?有一个捷径,即看书,这叫作"秀才不出门,便知天下事"。如果你想了解地球上都有些什么新鲜事,特别是大自然中的新鲜事,我建议你看一看"哈尔罗杰历险记"。

威勒德·普赖斯先生出生于1883年,他是个幸运的人,一生中跑了77个国家和地区,包括我们中国,遇到过许多新鲜的人和新鲜的事。他又是一个愿意奉献、不甘寂寞的人,不想把自己的知识和见闻都烂在肚子里,于是便动笔写了一套书,献给全世界的孩子们。于是,在70多年前,就诞生了哈尔·亨特和罗杰·亨特两兄弟的角色。

哈尔和罗杰是约翰·亨特的儿子。约翰·亨特是动物博物学家,几乎跑遍了全球去了解和收集各种各样的珍奇动物。哈尔和罗杰不仅继承了老亨特的基因,而且也继承了爸爸的事业和兴趣。在老亨特的鼓励和安排下,哈尔和罗杰走南闯北,历尽危险和艰辛,从亚马孙丛林到南太平洋小岛,从非洲大陆到格陵兰冰原,从世界上第二大岛新几内亚到地球上最高的山系喜马拉雅山,从正在爆发的火山口到危机四伏的海底世界,足迹延伸到世界各地的各个角落。他们冒着生命危险,勇敢地追逐丛林巨蟒,制服热带巨蜥,巧捕非洲白象,激战北极之王北极熊,深入海底猎奇,大战庞然大物杀人鲸,不仅与凶猛的动物较量,还得与贪婪的人类争斗,常常是弹尽粮绝,走投无路,只能依靠自己的智慧和勇气,才能置之死地而后生。当然,不可能所有的人都像哈尔和罗杰那样,有机会到世界各地去旅游、探险。正因如此，所有关心地球和热爱自然的人，不妨都抽空看看"哈尔罗杰历险记"这套书，希望你能进入角色，设身处地，感同身受，与哈尔和罗杰一起，深入广袤无垠的大自然去畅游、搏击，追随那些曲折的情节，体验无数惊险的场面，肯定会使你深感刺激。而且，书中丰富的知识和简练的语言，也会令人受益匪浅，回味无穷。

最后，还要加上几句，就是关于亨特一家的事业。他们到世界各地去猎取和收集各种各样的珍奇动物，送到动物园和博物馆。一方面固然为人们休闲娱乐、观赏和了解地球上的各种动物做出了贡献，但是另一方面，他们也伤害了许多动物，伤害了大自然……

与70年前相比，人类现在更注重生态保护，对大自然和动物界的了解，都要客观而且深入得多了。但也产生了另外一种值得注意的倾向，就是一厢情愿地去和动物亲近，以至于有人和自己的爱犬亲吻，结果被咬掉了嘴唇。我们说，动物是我们的朋友，是指我们和动物同是生命世界之一员。但这并不意味着，我们就可以和北极熊拥抱，可以跟老虎接吻。动物就是动物，人就是人，即使地球上最温和友好、亲切好奇的南极企鹅，当我想去摸它的脑袋时，它也会奋起反抗，摆出一副决一死战的架势。因此，我认为，人类和动物朋友的交往，应该是"君子之交淡如水"，最好的做法就是不要去干扰它们，当然更不能去伤害它们。

位梦华

中国最先登上南极大陆的科学家之一
中国作家协会会员、中国科普作家协会会员
享受政府特殊津贴、有突出贡献的科学家

目录

CONTENTS

1	海底城	1
2	海底的宝藏	6
3	海底的家	9
4	玻璃吉普	14
5	"酒瓶先生"和虎鲨	24
6	好船,"飞云号"	35
7	恶棍	41
8	杀人鲸	53
9	有勇有谋	58
10	闻所未闻的捕鱼法	65
11	海蛇	76
12	漂荡的死神	84

13 奥斯卡·罗契	99
14 罗杰的恶作剧	104
15 塌方	110
16 到世界之底去	116
17 深海	125
18 圣·乔治和龙	147
19 金子	162
20 杀人犯露出真面目	171
21 追捕	181
22 平安港	187
23 食人部落探险	196

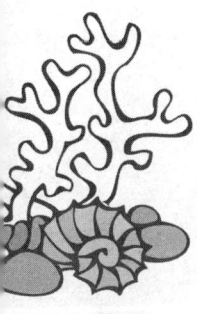

1 海底城

1
海底城

马上就要出发到海底去了！他们已经披挂整齐，面罩、鸭脚板、水中呼吸器的气瓶，以及加重皮带全都穿戴好了。

"准备好了吗？"狄克博士问。

"准备好了。"哈尔回答。

是的，他们早就为这次伟大的探险做好了准备。过去，哈尔·亨特和弟弟罗杰·亨特曾多次潜水，可就是从来没去过海底城。水很深，伏在探险船"发现号"的栏杆上往水里看，根本看不见海底。海底城的街道、房屋、公园、工厂等似乎都是异想天开。

"咱们出发吧！"狄克博士话音刚落，他们就从甲板上跳进大堡礁的热带水域。

他们飞快地下潜，一群群鲜艳夺目的扁鲛从他们身旁掠过。深水处，缤纷的色彩融成一片瑰丽的蓝色。海底城的房顶开始在下方出现。他们觉得自己像飞行员似的，正从高空往一座繁华的城市降落。

狄克博士开始游动，并示意两个孩子跟上。他把他们带到一条宽阔的大街，3个人慢慢潜入街内，双脚终于踏上了太平洋洋面以下60多米的海底。一块路标告诉他们，这儿是梅恩大街。他们半走半游地穿梭在行人当中，行人也是在半走半游。

人人都步履轻盈，与其说他们在走，倒不如说他们在游，事实上，在海底是很难直立行走的。

加重皮带里面装着铅，但铅的重量几乎被高密度海水的浮力所抵消，他们只要用脚尖往海底轻轻一蹬，就会像鸟儿似的飞起来。

爱恶作剧的罗杰忍不住要试一试自己飞翔的身手，他双脚猛地一蹬，往上弹了三四米，然后，像杂技演员似的落下来，站在哈尔的肩膀上。

哈尔吃了一惊。戴着面罩，他看不见头顶上是什么东西，也许，是一条危险的鱼。他伸出手去想把它拽开，却摸到了罗杰的脚踝。

他合拢手指，紧紧抓住罗杰的脚踝，把那小坏蛋一拽，罗杰一个倒栽葱，摔了下来。狄克博士在一旁宽容地看着，罗杰翻身站起来。

狄克博士在梅恩大街和科研街拐角处的一幢房子前停下来。这幢房子比其他房子大一点儿，跟街上所有的房子一样，它建在支撑柱上，柱高约2米。房子正门前没有台阶，事实上，连正门也没有。狄克博士钻到房子底下，鸭脚板一蹬，直朝房子地板上的一个洞漂上去。他带着两个孩子钻进那个洞，爬进屋子里。

屋里很干爽，孩子们和他们的头儿都摘下了面罩，解下了氧气箱。

罗杰盯着地板上那个洞，惊讶地瞪大了眼睛，真令人难以置信！

"水为什么不会涌进屋里？"他尖声尖气地问。

哈尔放声大笑。"你说起话来活像唐老鸭。"他说，但他一开

1 海底城

口说话，也跟罗杰一样。

狄克博士笑了，"你们可得学着让自己说话的声音低沉点儿，你们嗓音这样尖，是因为供给房子的空气与你们在上面呼吸的空气不一样。上面的空气含有大量的氧和氮，而在这样深的海底，这些气体过多会产生毒性。在这儿，你们呼吸的空气大部分是氦，氦就是'尖声气'，不过，你们会很快学会低声说话的。

"嗯，你刚才问水为什么不会涌进屋里。这是因为我们让屋内的气压与外面的水压严格保持一致。"

罗杰还是莫名其妙。

靠墙的桌上有一罐饮用水。狄克博士拿起一只玻璃杯，翻过来，杯口朝下压进水里。

"你明白这是怎么回事儿了吧，"他说，"水没涌进杯里，杯里的空气使水涌不进去。这座城里的每幢房子、办公楼和商店都利用这一原理使屋内保持干爽。只要屋内的空气顶得住外面的水压，水就不会涌进屋里了。好啦，那边有间更衣室，那儿有毛巾和干衣服。"

男孩子们卸下身上潜水用的器具，脱掉游泳裤，用毛巾把身上擦干，穿好衣服。他们从更衣室出来时，客厅里没人，狄克博士在另一间屋里喊他们进去。那间屋像个办公室，狄克博士正坐在一张巨大的办公桌后头。

艾伦·狄克眼睛明亮，和蔼可亲，但派头仍然像一位杰出的理学博士。他是海底科学基金会的主席，曾经主持过基金会的许多试验，海底城就是这个基金会建设起来的。

"怎么样，"他说，"喜欢在我们这个新世界住吗？"

1 海底城

"太棒了,"哈尔说,"对我们来说,这是一个完全陌生的世界。您最好先扼要告诉我们,我们将要干什么。也许,我们这就算开始工作了。"

2

海底的宝藏

"首先,让我告诉你们,"狄克说,"在这儿,我们要努力达到什么目的。然后,我再告诉你们该怎样投入工作。我们到这儿来是为了研究出最好的办法充分利用海洋的丰富宝藏。

"世界需要这笔财富,陆地所提供的财富不够用,因为地球毕竟只有四分之一是陆地,剩下的全是海洋。埋在陆地下面的珍贵的金属大都已经被我们挖出来了。无论在加利福尼亚还是在澳大利亚,人们都不再谈论什么'淘金热',黄金全挖光了。

"银矿也快挖完了,铜矿不多了,镁也严重短缺。造一架飞机得用整整一吨镁,而每4.2立方千米的海水里就含有50万吨镁。

"炼钢需要锰,成堆成堆的锰结核①像土豆似的撒满海底。

"海里还有大量镍和钴,海底下面储藏着大量的石油,埋着一层层厚厚的钾碱、白金、钛、硫、锌、铀、溴、锡和钻石。"

"这些东西为什么得不到人们的重视?"哈尔问,"采矿公司不感兴趣吗?"

"感兴趣的,"狄克博士说,"非常感兴趣。英、俄等国许多的公司,加上1000多家美国公司都在海底挖掘,它们想知道怎样才能干得更出色。一些大公司还雇我们搞研究,想让我们出成

---

① 锰结核:海底一种含锰的矿石。——译者注

2 海底的宝藏

果,我们的海底科学基金会就是为此而成立的。"

"快点儿告诉我们吧,我们能为这一事业干点儿什么?"哈尔说。

"在某种意义上,"狄克博士说,"你们的工作是所有工作当中最重要的。除了金属外,世界还急需另一种东西。"

"什么?"

"食物。80%的动物生活在海洋里,植物就更多了,生长在海洋里的植物占全世界植物种类的90%。但是,到目前为止,人类的食品中只有1%来自海洋。这个问题有待你们这些博物学家去解决。我们怎么样才能向海洋索取更多食物?怎样才能让海洋生产更多的人喜爱的食品?东方人有些做法值得我们学习。中国人开发渔场已经有很多个世纪;日本人有海草养殖场,海草是很好的食品。在他们经营的牡蛎养殖场里,数以百万计的牡蛎长出了数以百万计的人工养殖的珍珠,这些珍珠在世界各地都能卖出好价钱。

"必须保护鲸,让它们自由繁殖。一条鲸的肉和油价值3万美元。当拉普兰人[①]需要驯鹿时,他们就自己驯养,而不到野地里去捕猎。我们也不会靠捕猎野羊来获取我们所需要的羊肉,我们有自己的羊群。我们开发、耕耘土地,那么,为什么不来开发、耕耘海洋呢?"

哈尔的眼睛一亮,"这会儿,我开始明白你为什么需要我

---

① 拉普兰人:《恶战杀人鲸》斯堪的纳维亚北部、芬兰和苏联北部科拉半岛上的一个民族,过典型的游牧生活,以放牧驯鹿、捕捞鱼及海中哺乳动物为生。——译者注

们了。"

"当然，"狄克博士笑了，"我们一直满怀兴趣地关注着你们的事业。你们的父亲是有名的动物博物学家，他曾把你们派往世界的许多地区，去捕捉陆地和海洋动物，以满足动物园和水族馆的需要。作为博物学家，你们有着丰富的经验，我们正需要一位博物学家领导这些研究工作。"

"可为什么偏偏选中我？"哈尔问，"很多博物学家比我年长，他们的经验更丰富。"说这话时，哈尔真希望自己不是19岁，而是年纪大得多。

"在野外，"狄克博士说，"你更有经验。一个成天盯着显微镜的博物学家，尽管年龄可能比你大一倍，他从实验室里所得到的经验却远不如你们丰富。不要为自己太年轻而羞愧。年轻，正是我们需要的，海底的工作比陆地上的工作艰苦得多，需要有过人的体力和耐力。"他把哈尔上下打量了一番，"看得出来，你什么苦都能吃，你弟弟也能。罗杰，你多大了？"

"14岁了。"

"个头儿够大的。看样子，你似乎可以单枪匹马地抓住一只大猩猩。你们恐怕都已经明白我和你们父亲所作的安排：除了给我们干活，你们还可以为他的水族馆搜集一些珍奇鱼类，所以，你们捕猎活标本的工作不会中断。当然，你们的食宿由我提供。说不定你们现在就想去看看你们住的地方吧，你们的小屋在马鲛鱼街拐角那儿，咱们这就去看看吧。"

穿戴好潜水服，他们从"大门"钻进水里，往马鲛鱼街游去。

3
海底的家

从地板上的洞钻进小屋,孩子们来到一间舒适的客厅,这间客厅通厨房、浴室和两间卧室。

"怎么样?"狄克博士问。

"太棒了!"罗杰赞叹道。

"太好了,"哈尔说,"谁能想象海底会有这么好的地方!不过,这个屋子太大了,有两间卧室,其实一间就足够了。"

"你们只能占用一间,"狄克博士说,"要知道,住房不够分,我们只好挤着点儿。我希望你们不介意和另一个人合住一幢房子。"

"一点儿也不,"哈尔说,"说实在的,有个伴儿我们更高兴。"

"我相信,你们会发现卡格斯是位好同伴,"狄克博士说,"他很有教养,是个具有极高道德准则的人。"

哈尔皱起了眉头,"你说,他叫什么?"

"卡格斯。"

哈尔努力回忆着,"他是——传教士?"

"对,是传教士。你怎么知道的?墨林·卡格斯牧师,我们教堂的牧师。"

"墨林·卡格斯,"哈尔说,"对,我们认识他。"

3 海底的家

"好哇，那就更好了。你们既然是熟人，住在一块儿肯定能相处得很好。"

哈尔暗暗叫苦：我倒不如跟蛇一起住在这里。但是，由于某种原因，他没有把这些话说出口。

罗杰考虑得可没那么周全，"不就是那个家伙——"

"别说了。"哈尔严厉地制止了他。

只消三言两语，他或罗杰都能使卡格斯声名狼藉。卡格斯是一个有两次杀人记录的杀人犯。他到处招摇撞骗，心里却在策划杀人越货的阴谋。他曾密谋盗窃一个珍珠养殖场，因为嫌哈尔兄弟碍手碍脚，就把他们抛弃在一个荒无人烟的岛上等死。是的，哈尔记得这个墨林·卡格斯，太记得了。

不过，这坏蛋也许已经改邪归正，狄克博士对他印象很好，如今，他是这个海底世界的贵宾。哈尔可不是那种好搬弄是非的人，他主张在证据不足的时候，不要随便怀疑任何人。他必须保持沉默——至少，他应该先跟那家伙谈谈，弄清楚他是否真的洗心革面，或者像他以往那样仍旧是个强盗和杀人犯。在没有弄清楚之前，他不能吐露半点儿口风。

他站在有机玻璃窗前，思绪满怀地注视着外面的街道，他从来没见过这么古怪的街道——到处是成群结队的鱼。

"您为什么选择了这样一个地方来建您的海底城呢？"

博士走到窗前，"你这问题的部分答案就在那儿，"说着，他朝鱼群扬了扬下巴，"热带水域里的海洋生物比任何别的地方都要多。珊瑚礁能引来鱼群，鱼爱躲在珊瑚礁的洞里并以珊瑚虫为食。大堡礁是世界上最大的珊瑚礁——长2000多千米，聚集着世界上最丰富的海洋生物，海底到处是矿藏。因此，这地方是研究海洋资源的理想场所。"

罗杰在朝窗外张望，"我们屋后的那间小屋是干什么用的？"

"那儿嘛，我的孩子，你肯定会感兴趣。那是你的车房，你的汽车已经停放在里头了。"

"我的汽车？"

"嗯，确切地说，不是汽车，但在水下，它比汽车还要好。实话告诉你吧，那是一艘潜艇。知道吗？它是我们的信使，专门在城里传递信件、工具和给养。会开车吗？"

"当然。"

"那么，驾驶这辆玻璃吉普准没问题。"

"玻璃？怎么会是玻璃的呢？"

"一种新玩意儿，"狄克博士说，"我们这儿的所有潜艇都是用钢造的——碟形潜艇，'深海之星''深潜号'；小潜艇，'抹香鲸号''翻车鱼号'，等等。用玻璃造的潜艇，这还是第一艘呢。"

"为什么用玻璃造？以前，我还以为玻璃易碎呢！"

"正相反，玻璃比钢更顶得住海水的压力，尤其是压缩玻璃，里面掺有玻璃纤维和塑料，压缩得越厉害就越坚硬。它比钢轻巧得多，不会被海水里的盐分腐蚀，所以能在水下待好几个星期甚至好几年而不会损坏。最妙的是，它通体透明，前后左右、上上下下、四面八方都看得见。"

"妙啊，"哈尔说，"是谁那么聪明，发明出这样的潜艇？"

"制造第一艘玻璃潜艇的人叫麦克林，就是发明空对空导弹

3 海底的家

的那个麦克林,海军军械试验站主任。由于他的发明,他获得了一万美元的洛克菲勒公用事业奖金。我们这艘潜艇跟麦克林造的第一艘潜艇不大一样,我们做了很多改进。不过,它仍然是玻璃的。"

"它真能潜往深水处而不会被压破吗?"哈尔不大相信。

"依我们看,它能驶进海底最深的沟壑——10972米的深海,约合10千米。难以置信,对吗?不过,我们还没有在那样的深度做过试验。凡是愿意拿生命去冒险的人都可以把潜艇驶进那样的深海,看看会有什么结果。我可不愿去冒生命的危险。喏,这是说明书,它会把操纵潜艇的方法告诉你,"他把一本小册子递给罗杰,"好了,要是你们不反对,我就告退了。我该回我的办公室去了。"

罗杰仔细读了说明书,接着,就急急忙忙冲往车房,研究那辆玻璃吉普去了。

哈尔一个人留在屋里。摆在面前的任务使他欢欣鼓舞,但一想到卡格斯,他就不由得心烦。

罗杰激动万分地跑回屋里,"没见过这么奇妙的东西!想去兜一圈吗?"

哈尔有点儿担心,"对付那玩意儿,你能行吗?"

"看来不太难,咱们开出去试试。"

4

玻璃吉普

他们从来没见过这么古怪的车房,它向大海敞开着,车房里全是海水,光线从房顶上一个巨大的窗户射进房内。

开头,哈尔根本没看见什么玻璃船。过了好一会儿,他才明白,那只通体透明的玻璃船就在他眼前,它被海水的浮力托着,贴着车房顶。

跟海底城的房屋一样——船底的一个洞就是舱口。

玻璃潜艇像一只差不多 2 米长的巨型蛋,蛋的小头是船头,船尾有一个双人座位。看上去,潜艇很像一只闪闪发光的甲虫;伸在外面的四根短短的喷流管像虫腿,船前有一只带关节的胳膊,胳膊末端的钳口似乎随时会咬人——那是"挖扬机",可以用来抓东西。

兄弟俩游上去,从舱口钻进船里。船内充满气体,很干爽。罗杰关上舱门。

"这船怎么驶出车房?"哈尔问,"我没看见螺旋桨。"

"它靠喷气发动机开动,有点儿像喷气式飞机,"罗杰挺内行地说。能当哥哥的师傅,他很高兴,"那些管子每一根都是一台喷气发动机,只不过它们喷射的是水而不是空气,所以,叫作海德鲁喷流发动机,'海德鲁'是水的意思。"

"这我知道,"哈尔不耐烦地说,"开船吧。"

4 玻璃吉普

"后喷流发动机把船体往前推,左前方的发动机使船头往右转,右边的发动机使船头往左拐。把前面的两根喷流管往下一按,船就往上浮,往上一推,船就往下潜。还可以倒退呢,只要把后喷流发动机关掉,把前头的两根喷流管拨向正前方就行了。"

"说得对。但是,这些喷流发动机怎么操纵呢?"

"很简单。看见这根杆子了吗?把它往上推,潜艇就往上浮;往下按,潜艇就下潜;往左,船就向左转;往右,船就往右边拐。把杆子推过这儿,按到回动装置上,船就倒退。"

"那么,那个按钮是干什么用的?"

"是操纵挖扬机的。把它往外一拉,钳口就会张开,往里一按,钳口就会合上。"

"听起来是很简单,"哈尔说,"但不知道开动起来是不是真像你说的那么容易。咱们开出去试试。"

罗杰发动起发动机,玻璃吉普滑出车房,朝着旁边的房子直冲过去。

"当心,要撞上去了。"

罗杰紧紧抓着驾驶杆,但他太紧张,按反了方向,潜艇朝着那幢房子楼下的窗户冲去。

罗杰惊慌失措,他把驾驶杆使劲儿往右一压,潜艇猛地向右急转。他连忙把驾驶杆往上提,吉普像只受惊的猫一样往上蹿。

这次试"车"使罗杰得到两点教益:一是无论干什么,事前都要心中有数;二是这辆吉普像通灵性的活物,能把6便士硬币一样小的东西翻转过来,能像流星似的飞速上升,也会像陨星般坠落。

"它比汽车强好几十倍。"他说。

他们飞也似的从海底城的房顶上掠过。房顶全部都是平的——海底城从不下雨也不下雪，所以房顶不必建成"人"字形，房顶和墙壁长满了水草和软体动物，那是千千万万鱼儿的食物。

楼房冒出一串串气泡，街上那些游泳的人和行人的水中呼吸器也在冒气泡。一幢楼房挂着"气"的招牌，供人们呼吸用的压缩氦气显然是从这里通过地下管道输送出去的。

那边那幢带小尖顶的房子是教堂，无赖墨林·卡格斯就是那儿的传教士。一种难以抑制的感觉使罗杰驾着吉普尽量远离那教堂的尖顶，高高地跃过去。

吉普飞驰着驶过一座建筑物，看样子，那是给全城提供光和热的发电厂。

有座建筑物哈尔猜想是脱盐厂，它把含盐的水变成淡水供给全城。

种满热带作物的住宅街道绿荫如盖。住宅坐落在赏心悦目的花园里，园中栽满奇花异草，还有一些形状酷似植物的动物——石帆、珊瑚树、海葵和绚丽的柳珊瑚，表面光滑的小动物花很像郁金香。看来，梅恩大街是海底城的商业中心。那儿的商店没有门只有橱窗，高高的柱子把它们固定在海底，商店的大门全都在房底下。顾客浮上去钻进商店，然后，提着装在塑料袋里的大包小包食品和日用品再钻出来。

一家乳品店挂着鲸奶的广告，一家书店贴着"海底世界专著"的海报。梅恩大街还有一家餐厅、一家理发店、一家出售

4 玻璃吉普

"深海纪念品"的商店、一家医院、一家药房、一家银行,还有一家专门出售"海底珠宝"的珠宝店。

一个人抱着一台跟他自己身体一样大的机器从五金店里出来。

"我的天,"罗杰惊讶不已,"那玩意儿准有半吨重。"

"在陆地上,它足有半吨重,"哈尔说,"可在这儿,高密度的海水把它托着,人能毫不费力地把它抱起来。"

梅恩大街上甚至还有一家宠物店,不过,那里的宠物不是狗、猫或者金丝雀,而是海豚、鼠海豚和观赏鱼。

有几家商店专门出售潜水器具,有配套水下呼吸器的气瓶、鸭脚板、面罩、通气管等,凡是一位穿着讲究的水下人可能穿戴的一切,这儿应有尽有。

过了一会儿,景色变了,兄弟俩来到一座美丽的水下花园。脑状珊瑚,像伊斯兰寺院尖塔的珊瑚、海星、美丽的贝壳、巨蚌,还有在这些"树木"当中蜿蜒而过的小路,构成了许多奇异漂亮的海底景致。

市郊一带是工业区,那儿正在进行采矿试验。人们用地磁仪勘探海底,这种仪器能发现水平面以下的任何金属。电动起重机把含有金、银、铀、镁的矿石以及埋藏在海底的其他财宝吊到水面的船上。

罗杰关掉马达,船慢悠悠地漂过一块巨大的铁制品,这玩意儿正忽上忽下地不停摇摆,活像跷跷板。"那是什么?"罗杰问。

"抽石油的泵,"哈尔说,"你在墨西哥湾见过。"

"可那儿的泵都安装在海面的钻井平台上。"

"对。但是，那种把石油从海底往海面上抽的办法很蹩脚，油井在那么深的海底，把油往上抽的代价很昂贵，而且十分危险，钻井平台会被台风摧毁或者被船撞翻，巨浪也会把它吞没。直接在海底抽油就好多了，所有海面上可能出现的危险都可以避免。当心，前面有障碍物。"

罗杰把吉普一拐，这才没有撞在吉普正前方的一道高耸的悬崖上。

"这是那道巨礁，"哈尔喊道，"这就是大堡礁！"

悬崖笔直地屹立在眼前，像摩天大楼的墙壁。这一道由生物垒起来的最巨型的墙，比埃及的金字塔更宏伟，比阿斯旺大坝更壮观。它全长2011千米，绵延整个珊瑚海[①]，环抱澳大利亚的东北海岸。而这道庞大的墙壁却是由世界上最小的建筑师之一——珊瑚虫建成的。这种动物太小了，只有在显微镜底下才看得见。

浩瀚的太平洋的这一部分被贴切地命名为珊瑚海，它是一个绚丽的珊瑚陈列馆，世界上各种各样的珊瑚应有尽有。

珊瑚崖是众多鱼类栖息的地方。有些鱼长着像石头一样坚硬的嘴巴，它们把珊瑚一块一块地啄下来吃掉。数不清的五彩斑斓的小鱼，为了躲开那些对它们穷追不舍的以小鱼为食的大鱼，流星似的蹿进崖洞。这里鲨鱼很多，虽说隔着一层玻璃，但无遮无拦地暴露在这些食肉动物面前还是令人毛骨悚然，兄弟俩庆幸自己能在玻璃吉普里藏身。海鳝和章鱼在洞里造窝。一条海

[①] 珊瑚海：位于太平洋西南部，在澳大利亚、新几内亚和新赫布里底群岛之间，包容了整个大堡礁。——译者注

4 玻璃吉普

蛇扭动着盘缠在一根喷流管上。海葵吸附在崖壁上,只要有人用手碰它们一下,它们就伸出触角去蜇;小鱼要是被这些触角蜇了,就会麻痹。马鲛鱼张开大口扑向玻璃吉普,它们想游到孩子们跟前看清他们,不料一头撞在看不见的玻璃上,随即露出惊讶的神情。

在这些令人害怕的东西当中突然出现一种比较友好的动物,那是海豚。孩子们知道,海豚是人类的朋友和保护者。

海豚的鼻子尖尖的,像个酒瓶口。在这点上,它和鼠海豚不一样,鼠海豚的鼻子又圆又钝。海豚和鼠海豚都得浮到水面上去呼吸,这一点,它们又都与人类相像。但它们一口气能在水下待近30分钟,这又与人类不同,人一口气最多只能憋3分钟。

在智力方面,它们也像人。它们非常聪明,除人类以外——人类如今也应该被看作是海洋生物里的一种。海豚以及它们用肺呼吸的表亲,比如鲸,是海里最聪明的生物。

那条海豚笑眯眯地往吉普里张望,也许,只不过因为它的嘴角自然上翘使人觉得它在微笑,但这微笑却使孩子们相信,这是一种永远不会伤害他们而只会成为他们的忠诚伙伴的生物。

要想与海豚交朋友,罗杰是最合适的人选,他特别会跟动物打交道。哈尔也会,但他个子太大,气宇轩昂,动物们都有点儿怕他。在它们看来,弟弟罗杰似乎没那么可怕。

罗杰关掉马达让吉普漂着,他拍打着玻璃。

"喂,这儿,'酒瓶先生',过来说声'你好'。你是海里最斯文的绅士。过来呀,咱们认识一下。"

他不停地温和地说着,那条海豚似乎在倾听。"我猜,它不会真听得见我说的话。"罗杰说。

"它听得见。"

"我没看见它有耳朵呀。"

"它有耳朵，不过很小。而且它常常不是用耳朵听。"

"不用耳朵怎么听得见呢？"

"你是听不见，"哈尔说，"海豚却听得见。声音使空气或水产生颤动，海豚皮肤上那些敏感的神经能感觉到这些颤动。不同的声音产生种种不同的颤动，海豚都能分得清。声音不一定要很强，科学试验表明，甚至一滴水溅落的声音都能吸引海豚把头扭过去看。因此，不管什么时候，海豚对周围的情况都了如指掌。"

海豚搭腔了。它发出一种听起来很友好的哨声，这不是用嘴吹出的哨声，而是从海豚头顶上的鼻孔里发出的声音。

"海豚没有声带，"哈尔说，"但它的词汇却很丰富。有人曾把海豚的哨声录下来，发现它发出的哨声共有32种，每种都表达不同的意思，友好、恐惧、愤怒、厌烦、高兴、忧伤，还有求助的呼喊，等等。"

"哦，这一点海豚跟我们不一样，人类不会用口哨交谈。"

"那你就错了，"哥哥说，"非洲卡拉哈里沙漠的丛林人就会用口哨交谈，亚马孙丛林中某些部落的人也会。一些墨西哥印第安人也用口哨语，但他们不能像海豚那样用哨声表达丰富的思想感情。比利牛斯山区也有一种口哨的语言方式，加那利岛上的牧羊人在相隔5千米远的山峰之间能用口哨语交谈。

"海豚还有另一种语言——咔嗒声。我们人类不是人人都会两种语言，但所有海豚都会两种语言。与人类接近的海豚甚至还

4 玻璃吉普

发展了第三种语言——模仿人类语。一个大型水族馆里的海豚逐渐听懂了教练的吩咐，它们努力复述教练说的话，由于没有声带，它们模仿得不算太好，但它们却完全听得懂并能执行教练的命令。它们甚至学会了用一种足够低的声音答话，这样，教练就能听见了。"

"足够低的声音？这是什么意思？高音，人就听不见了吗？"

"声音太高，人的耳朵就听不见了。声音的频率是以赫兹为单位的，人类能听见20千赫的声音。狗听得见的声音高达40千赫。而长着酒瓶鼻子的海豚却能听到高于120千赫的声音，它也能发出频率同样高的声音。与同类交谈时，它发出的声音多在120千赫左右，但它慢慢懂得了，如果要跟人交谈，它就必须把声音放低。它肯定觉得我们人类有点儿蠢。"

"我真想给它喂点儿鱼，"罗杰说，"这样，它也许就愿意待在这一带了。"

"有鱼喂它可能会更好，"哈尔说，"不过，实际上没有必要。想留住一条狗或一只猫，你是得给它们喂食，但如果一条海豚愿意跟你待在一块儿，那仅仅是因为它喜欢人类。它们喜欢追随着轮船，在船边嬉戏，这你见过。它们不是想找东西吃，而是想玩儿，想得到甲板上的那些家伙们的赞赏，它们觉得那些家伙跟它们很相像。

"我们确实像它们。它们呼吸空气，我们也呼吸空气；它们的皮肤也像我们，光溜溜的，不像鱼那样浑身长鳞；它们有着高度发达的大脑，我们也觉得自己的大脑很发达。在身体结构方面，我们跟它们也有些相像：我们是哺乳动物，它们也是；跟我们一样，它们也曾长期生活在陆地上，曾一度用四肢行走，只不过后来回归大海罢了。如果拿一条海豚来解剖，你会发现它们现在的鳍从前曾经是腿，所有的关节，包括5只完整的脚趾都还在。它们最后为什么要返回海洋？这点我们还没弄清。不过，人类今天不也打算回归大海吗？至少，你和我现在正是这样做，成千上万乃至亿万人将来也会这样做的。"

"瞧，一条海鳝。"罗杰指着一条从崖洞里伸出来的略带暗绿色的尾巴说。

海豚也看见了海鳝，它立即向那条凶猛的鳝鱼扑去，那可是海豚的一顿美味佳肴啊。

"酒瓶先生"一口咬住那尾巴，然后，便使劲儿往后划动它的鳍状肢，想把那条像蛇一样的家伙从它的避难所里揪出来。

罗杰以为"酒瓶先生"不费吹灰之力就能征服对手，因为海豚的体重看来足有180千克，而海鳝顶多45千克。

但是，海豚越拽，海鳝往岩缝里钻得越深。它鼓起全身的肌肉，紧紧地扒在岩缝壁上，怎么也揪不下来。

"酒瓶先生"只好放掉海鳝，浮到水面上吸气。过了一会儿，它又潜下来，卧在海底，侧头看着海鳝，像在沉思什么。

一条锯鲉懒洋洋地从旁边的崖洞游出来，它是栖息在海洋里的最毒的动物之一。海豚若有所思地端详着锯鲉。

突然，它追上去，刷地钻到锯鲉身下，用它坚硬的酒瓶鼻子闪电般地向锯鲉的肚皮戳过去，就这么一下子，锯鲉就送了命。

海豚紧紧咬住锯鲉的肚皮，用锯鲉有毒的背鳍去刺海鳝的尾巴。

4 玻璃吉普

海鳝马上像一个被扎穿了的气球,瘫软下来,没费什么力气,海豚就把它揪了出来。这条海鳝身长2米——整整2米长的美味佳肴!

这场表演正好证明了海豚的大脑几乎像人脑一样发达。它知道锯鲉长着有毒的背鳍,还知道它得利用工具才能把海鳝从岩缝里揪出来。它咬锯鲉的肚皮而不咬鱼背,是因为鱼背上长着毒鳍,它用这一致命的工具刺死了海鳝。

"我简直不敢相信自己的眼睛。"罗杰说。

"你完全可以相信它们,"哈尔说,"洛杉矶附近有个太平洋海产养殖场;那儿的鱼箱里就发生过跟这一模一样的事件。观众透过鱼箱侧面的玻璃清楚地看到了事件的全过程。"

玻璃吉普在珊瑚崖附近悠闲地漂荡着,没有挪动位置。海豚饱餐一顿后又游回来,用鼻子凑在玻璃吉普上罗杰敲击的地方摩挲着。

"看样子,它想凑近我们,"罗杰说,"我把舱口打开,好吗?"

"为什么不?开吧。"

罗杰打开舱门,海豚立即游到船下,把鼻子伸进吉普,用友好的哨声跟兄弟俩打招呼。它张着嘴,嘴里的牙齿看来挺尖利。罗杰怯生生地伸出手去抚摸那家伙的脖子,就像他平常爱抚狗和猫一样。海豚发出一连串的咔嗒声,那声音听起来活像猫狗发出的心满意足的呜呜声。

5

"酒瓶先生"和虎鲨

一位凶残的来访者扰乱了这欢乐的情景。一条巨型虎鲨①本来一直在远处百无聊赖地游来游去,对别人的事仿佛熟视无睹,这会儿,它突然对那道打开的舱门发生了兴趣。它飞快地游过去,推开"酒瓶先生",把头整个儿钻进吉普。它也张着嘴,但它的嘴巴跟海豚的嘴是多么不同啊!这张嘴不是由一排而是由5排能置人于死命的牙齿装备起来的,最大最可怕的牙齿长在前排,后面几排逐渐变小,最后一排长在口腔深处,不过1厘米长,却非常尖利,能把人撕成碎片。

人们相信,鲨鱼是唯一长有5排半圆形牙齿的动物。这些牙齿全部向后倾斜,这样,猎物一旦被鲨鱼咬住,就休想挣脱了。鲨鱼的齿端非常锋利,原始部落的人把它们当剃刀用来刮脸。据说,鲨鱼一口就能把人咬成两半。

人们认为,鲨鱼是世上第一种长牙齿的生物。后来,多骨鱼、两栖动物、爬行动物、哺乳动物以及人类都先后长出了牙齿,连大象的巨牙都可以追溯到最先长牙齿的鲨鱼。

鲨鱼太喜欢它的牙齿了,光嘴里长满牙齿还嫌不够,它的全

---

① 虎鲨:学名鼬鲨,极贪吃,灰或褐色,体格巨大壮实,多为吃人鲨,极富侵略性,分布极广,尤以暖海为最多。——译者注

5 "酒瓶先生"和虎鲨

身都长着牙齿,鲨鱼身上的鳞片实际上就是牙齿。每一片鳞甲都像牙齿一样尖利,由跟牙齿一样的物质组成,上面布满牙质,还有一条带神经的中心牙髓管。

这些小牙齿使许多鲨鱼坚韧的皮粗糙得像砂纸,能擦伤、撕破游泳者的皮肉。发明砂纸以前,木匠就用叫作鲨革的鲨鱼皮来打磨坚硬的木头。这些牙齿巨大,而且一只紧挨着一只,渔叉难以刺进鲨鱼皮,就是子弹也会被这种皮弹飞。

不过,最好的牙齿,或者,不如说是最坏的牙齿还是长在嘴里的那些。为什么长了5排?因为鲨鱼的食量大得惊人,一天之内,它使用牙齿的次数会达到100次。当前排的牙齿被磨损时,紧挨着它的一排牙齿便会向前移动,而新的一排牙齿则在口腔深处形成。这么一来,无论鲨鱼的寿命有多长,它的牙齿永远是完好无缺的。

"我从来没见过这样的牙齿,"罗杰说,"前排的牙齿足有10厘米长。"

"鲨鱼的牙齿是鱼类世界中最巨型的,"哈尔说,"它们经历了很多岁月才逐渐进化成现在这种样子。在岩石当中发现的鲨鱼牙化石已经有1.3亿年的历史,它们和今天的鲨鱼齿十分相像。所以,最早开始生长牙齿的鲨鱼想必比它们还要早很多百万年。"

"没看见它有臼齿,"罗杰说,"所有的牙齿好像都是门齿。"

"说得对,"哈尔说,"它们不咀嚼食物,而像刀子一样把食物切开。狮子的牙齿很可怕,但不能与鲨鱼的牙齿相比。狮子得咀嚼,把动物的尸体咬碎后才能吃上一口食;可在海洋里,大

哈尔罗杰 历险记
神秘海底城

5 "酒瓶先生"和虎鲨

青鲨、虎鲨和灰鲭鲨却能猛地向它们的受害者扑去,一口啃下4.5千克肉,连游速都用不着放慢。

"它们的牙齿一下子就能把皮和肉一起咬开,像咬松软的冰激凌一样。"

"被这样的牙齿咬肯定比被魔鬼咬还痛。"

"怪得很,"哈尔说,"一点儿也不痛。一切都来得这样迅猛,干净利落,要过好一阵子,人才会感觉到被咬了,因为神经还没反应过来呢。一位马来西亚的采珠人游到他的船边对他的朋友说,'不知道我是不是被鲨鱼咬了。'当把他拖上船,只见他心脏以下的躯体已被咬成两半。"

罗杰害怕地紧挨着吉普壁缩成一团,双手浑身上下地摸索着。

"我只想肯定,它还没把我咬成两半儿,"他说,"嘿,那妖怪的一口没准能啃10个人。"

"啃20多人也绰绰有余,"哈尔说,"一条虎鲨大约有720颗牙齿,而人只有32颗。当然,并不是所有鲨鱼都这样,这点不用我说你也知道。有些鲨鱼的牙齿很钝,在搏斗中很少用牙。长尾鲨搏斗时用的是尾巴和它那狭长扁平的嘴巴,不用牙。鲸鲨不长牙齿,它不能咬人,只能把人吸进去。姥鲨身子长达12米,体形是鲨鱼当中最大的,但它不伤人,它只吃比蚊子大不了多少的小东西。"

"这家伙最好走开,"罗杰带着怨气说,"跟它在一块儿我简直烦死了。"

虎鲨丝毫没有要走的意思,相反,它使劲儿摆了摆尾巴,把身子又往玻璃吉普里挤了挤。现在,不管两个孩子怎么缩着身子紧贴在吉普的玻璃上,它都咬得到他们了。

鲨鱼扭动着身子凑近罗杰,可是,正当它张开大口要咬罗杰的肩膀时,却突然惊跳起来,掉头游到舱口外面。

"怎么回事儿?"罗杰喘着粗气问。

"你的海豚救我们来了,它用它的硬头撞鲨鱼的肚皮。"

"鲨鱼怕它撞吗?"

"要是撞在它那些盔甲上,它一点儿也不在乎。但是,海豚知道,它的肚皮底下很软。海豚常常只消往鲨鱼的要害处猛撞一下,就能叫它一命呜呼。"

但是,尽管海豚这一下撞得比骡子踢得还重,眼下这条鲨鱼离死还远着呢。

它翻滚着,直朝"酒瓶先生"冲去。这只令人望而生畏的庞然大物使孩子们不禁为海豚的性命担忧。大堡礁所有海洋动物的体形几乎都比它们其他地区的远亲大。这条虎鲨足有9米多长,体重至少有7吨,那条只有180千克的海豚在它身边活像一个玩偶。

虎鲨以惊人的速度冲上去,维护了它作为鱼类中的速度冠军的荣誉。短时间猛冲时,鲨鱼的游速可达每小时80千米。

鲨鱼不但是鱼类中速度最快、体形最大的,而且是最危险的。在鲨鱼冲向海豚的瞬间,哈尔想起悉尼的一位著名外科大夫说过的话——他处理过数以百计被鲨鱼咬伤的人。

"在世界别的地区,"科普尔逊大夫说,"可能会有不伤人的鲨鱼,但在我们的海域,绝不会有这样的鲨鱼。我这儿搜集了

5 "酒瓶先生"和虎鲨

100多份报道,讲的都是遭到鲨鱼袭击的人。正如你所看到的,这些人当中的80%受到了致命伤。我们澳大利亚这儿有5种会伤害人的鲨鱼:大白鲨(又名噬人鲨)、虎鲨、双髻鲨、沙锥齿鲨和灰鲭鲨。作为澳大利亚人,我们只能惭愧地宣称,在鲨鱼伤人事件的次数和被鲨鱼咬死的人数方面,澳大利亚居世界首位。"

孩子们永远也忘不了虎鲨盯着他们的那一瞬间。虎鲨的眼睛漆黑、镇定、凶残,令人震悚。难怪16世纪英国的那位船长在伦敦展览这些怪物时,用德语词"舒克"来给它们命名。"舒克"的意思是恶棍,"舒克"变成鲨鱼以后,仍然是海里的恶棍。

鲨鱼张着巨口,它竟能把嘴巴张得这么大,这使两个孩子震惊。一篇来自澳大利亚的报道曾经写到,人们剖开一条大白鲨,在它的肚子里发现一匹完整的马。兄弟俩现在才明白怎么会有那样的事儿:鲨鱼的上下颚之间长着富有弹性的肌肉,它们能像橡皮筋似的拉长,这使那恶棍能够吞下比自己的头大得多的食物。

现在,他们看到这样的事就发生在自己的眼前。"酒瓶先生"还没来得及发出一声哨声或咔嗒声,那个长着720颗牙齿的大洞就把它的头和肩膀吞了进去,而且,眼看就要把它整个儿吞掉。

罗杰再也受不了啦,"酒瓶先生"救过他的命,现在该轮到他救它了。他从玻璃吉普跳进水里,直向那海中霸王冲去,忘掉了自己的危险,也听不见哥哥在大喊大叫地警告他。

他还没想好该怎么办。他的加重皮带里头有把刀子,但他很清楚,用这把刀子无异于用一根牙签去对付那妖怪。他希望手里有支标枪,但那很可能也无济于事,他实际上赤手空拳,什么武器也没有。

他想试一试海豚爱用的办法。他游到鲨鱼的肚皮下，用他那结实的头，以最快的速度往那海霸王的肚皮猛力撞去。鲨鱼的肚皮像橡皮似的陷进去，但是，一转眼又像橡皮似的弹起来了。鲨鱼根本不在乎。

鱼鳃那儿怎么样？它们应该是很敏感的。罗杰游到右鳃那边，挥动拳头，用尽力气往鲨鱼鳃擂去。

看样子，鲨鱼对这一拳毫无知觉，它正全神贯注地对付它的那个180千克重的食物，一心要把它咽下去。吞咽过程很缓慢，但持续不停，罗杰那位朋友的身体又有几厘米被吞了进去。

罗杰至少应该庆幸，鲨鱼还没有把"酒瓶先生"咬成两半，它可能觉得能囫囵吞下就不必咬开了。但是，要是鲨鱼改变主意了呢？如果它合上牙齿一咬，罗杰的海豚可就完了。他得赶快，可又能怎么办呢？

他忽然想起鱼类都不喜欢让别的东西骑在背上，不管是章鱼、大王乌贼、大海鳗、海蛇，还是人。

他游到鲨鱼背上，叉开腿挨着鱼头骑上去。

这么一骑，鲨鱼倒不觉得怎么样，罗杰可就遭殃了。热带水域的水很暖，罗杰没穿橡皮衣，只穿着游泳裤，虎鲨背上的齿状鳞扎破了他的腿，滴滴鲜血把海水染红了。

虎鲨拼命摆着尾巴，它嗅到血腥气，因此，更坚定不移地要把这个活物尽快吞下去。

在淡红的水中，罗杰朦胧中看见哈尔正游过来搭救他们。哥哥又能怎么样？他不会比罗杰更高明，罗杰一心想完全靠自己去

5 "酒瓶先生"和虎鲨

战胜这海中霸王。

他用头撞过鲨鱼的肚皮,用拳头使劲儿擂过它的鳃,还试图骑在它背上,分散那家伙的注意力。但是,还有一个办法他没试过。

那双乌黑的巨眼怎么样?它们肯定比肚皮、鳃和背都脆弱。罗杰趴在鱼头上,双手拇指用力往那两个乌黑的洞里抠。

直到这时,鲨鱼才发现他。它拼命扑腾,搅得海水滚滚,吓跑了礁石上的鱼儿。它不断地转圈儿,尾巴疯狂地拍打,那条备受折磨的海豚也在鲨鱼嘴里拼命地摆尾巴。这可是博物学上的新发现——一只两头长尾巴的怪物。

这发了狂的怪物翻腾着,滚动着,罗杰几乎从他的坐骑上摔下来。不,他绝不能松手。他忍着剧痛,双腿把那些无情的齿状鳞夹得更紧,拇指往鲨鱼的眼睛里抠得更深。他的坐骑越转越快,哈尔只能束手无策地待在一边。

罗杰看到他的战术已经奏效:鲨鱼松开了海豚,因为罗杰坏了它的胃口。现在,它必须想办法挣脱那两只无情的拇指。

"酒瓶先生"显然知道它已经有逃生的希望,它使劲儿扭动着身体想挣脱鲨鱼的嘴巴。鲨鱼的牙齿没有咬住它,但它还是逃不出来,因为巨鲨喉头的肌肉把它紧紧夹住,就像一把橡皮巨钳夹在它头上,罗杰怎么样才能帮它挣脱这把巨钳呢?

这孩子决定使出最后一招。他弓身向前,想撬动鱼嘴帮助海豚脱身,但够不着。他知道,他已经不必再用拇指去抠鲨鱼的眼睛,他已经使鲨鱼痛得够呛,痛得忘掉了它的佳肴。不过,光这样还不能把海豚救出来。

要是他能抓住海豚的尾巴把它拽出来呢？他忽然想到了这个主意，也许，能想办法做到。

他从鲨鱼背上溜下来，这么一出溜，腿擦伤得更厉害。他转过身来准备在鲨鱼绕回来时迎上去。他发现哈尔也正在这么干。

那条露在鲨鱼嘴巴外面的黑尾巴活像巨蛇的舌头，它正在痛苦地抽搐。兄弟俩齐心合力，也许能把它抓住。

过来了，这古怪的双尾动物！鲨鱼的视力很弱，直到两个拦路的人离它只有三四米远，它才发现他们。一个拦路人身材高大，另一个人的身量只有第一个人的一半。鲨鱼使劲儿一甩尾巴，躲开大块头，向小个子逼去。

罗杰一把抓住海豚扭动着的尾巴。

正在这时，鲨鱼犯了一个严重的错误。它模糊地看见一只怪物挡在它的路上，就往旁边猛地一扭，想躲开那怪物。这一扭给罗杰帮了大忙。他正紧紧抓住海豚尾巴，鲨鱼往另一边猛一扭，正好把夹在它那有力的喉头肌里的海豚甩了出来。

"酒瓶先生"得救了。刚刚死里逃生，它头昏眼花，一动不动地躺着，像死了一样。罗杰真怕它死了。被夹在鲨鱼喉咙里时，它不能浮到水面上去呼吸，也许，它窒息了。

罗杰必须马上把它的鼻孔送到有空气的地方，送到玻璃吉普的混合气体里就行。哈尔游过去，兄弟俩一人一边，用胳膊搂住他们虚弱的朋友，把它往吉普那儿推。推动这180千克的毫无生气的东西得费很大的劲儿，他们大口大口地从呼吸器的气箱里吸气，好不容易爬进吉普，把海豚的头拖出水面。

哈尔用手挨了挨海豚的鼻孔，脸色马上严峻起来。

5 "酒瓶先生"和虎鲨

"怎么样?"罗杰焦虑地问,"它还在呼吸吗?"

"没有,"哈尔说,"我来给它做人工呼吸试试。"

但是,怎么用口对口人工呼吸的办法使海豚苏醒呢?在这种情况下,只能做口对鼻的人工呼吸。

哈尔把嘴对准海豚的鼻孔,开始呼气,吸气,再呼气,再吸气。

要把海豚的肺装满,然后再吸空,必须大口大口地呼气吸气。哈尔不停地呼呀吸呀,脸都憋青了。

罗杰把他推开,接替了他的位置。

哈尔把耳朵贴在海豚的胸口,"它的心脏还在跳动,坚持下去,它肯定能活过来。"

罗杰坚持着,直累得完全喘不过气儿来。

他停下来歇一歇,脸仍然挨着海豚的鼻孔。忽然,他感到一阵微风拂过他的脸颊,这风吹过来又吹过去,他恍然大悟:这不是风!

"它在呼吸!"他喊起来。

海豚用褐色的眼睛温柔地望着他,嘴角微微翘着,仿佛在虚弱地微笑。看样子,"酒瓶先生"知道谁是它的救命恩人。它发出轻微的咔嗒声,像一只小鸟在啾啾地叫。

罗杰和哈尔还在扶着它,罗杰抚摸着它的脖子。

海豚很快就恢复了体力,它发出欢快热情的哨声和咔嗒声,用它的两种语言说出成百个"谢谢你们"。

它开始轻轻地挣扎,两个孩子把它放开。

它从舱口溜进水里,在吉普周围快活地游来游去。

无线电报话机里传来一个声音:"特得船长呼叫哈尔·亨特。"

哈尔回答:"我是亨特。船长,你在哪儿?"

"在你的头顶上。"船长回答。

"准是'飞云号'。"罗杰高兴地喊道。

以前,"飞云号"曾经是他们自己的船。在悉尼,他们租了这艘船,把它留在船坞里安装货箱,以便把他们捕捉到的鱼和别的海洋生物装运回长岛他们父亲的水族馆。后来"飞云号"就把他们捕获的动物运往悉尼,然后,在悉尼装上货轮再运往美国。

这条船上的帆篷雪白耀眼,像天上的云彩,因此,给它起了"飞云号"这个名字。

6

好船,"飞云号"

"咱们到'飞云号'上去吧,"罗杰兴奋地说,"我来打开发动机。"

"不,等一等,"哈尔说,"咱们最好先掂量一下。我们不能到上面去。"

"为什么不能?"

"会得气栓病①的。"

罗杰不以为然,"你糊涂了吧,呼吸普通空气会得气栓病,可我们一直在呼吸氦气啊。"

"你说得对——但也不对,"哈尔说,"是的,要是呼吸一般空气,问题会更大,因为空气中80%是氮。如果你不慢慢往上浮,使肺部有足够的时间把氮排出来,氮就会在你的血液中形成气泡,导致肌肉和关节的痉挛性疼痛,那就是人们常说的气栓病。我们现在呼吸的氦混合气体只含少量的氧和氮,所以,它导致的气栓病可能比较轻微,但还是得小心。我来告诉你该怎么办。我们可以浮上去,直到吉普顶刚好露出水面为止。那样,我们就可以好好看看我们的'飞云号'了。不过,只能待一分钟,

---

① 气栓病:一种潜水员疾病,尤指因组织内形成气泡而产生的肌肉与关节剧烈疼痛为特征的病症。——译者注

马上就得下来。现在，发动马达吧。"

那条海豚正在吉普周围游来游去，罗杰看着它说，"我刚想出一个更妙的办法，咱们不用马达上去。"

"不用马达？那怎么行呢？"

"让'酒瓶先生'把我们送上去。只要训练得当，它能给我们帮不少忙呢。这不，开始训练的好机会来了。"

他溜出吉普，拦住绕着吉普转圈的海豚。海豚咔嗒咔嗒地跟他说话，温柔地往他身上蹭，就像猫往主人的腿上蹭一样。

罗杰把缆绳系在船头，让海豚把缆绳衔在嘴里，然后，轻轻地拉着绳子，让海豚跟他一道，向"飞云号"游去。

每当海豚张开口，缆绳掉了，罗杰就重新把绳放回去，用手把海豚的嘴巴捏拢，使他的朋友懂得，它必须牢牢地咬住缆绳。他把海豚带到"飞云号"舷边，那儿，一个绳梯晃晃荡荡地从船上吊下来。

一个水手懂得了罗杰的意图，他爬下绳梯，从海豚口中接过缆绳。

给海豚上的第一课结束了。哈尔知道罗杰想干什么：他想把海豚培养成一位海底城和"飞云号"之间的优秀通信员。孩子们亲自上浮下潜有得气栓病的危险，但海豚没问题，它不但能够而且习惯在水面上和几百米的深海之间毫不费力地游上游下，它是理想的通信员。一条名叫特菲的海豚，在海面与位于60多米深海的第二海洋试验室之间传递信件、工具和物资，因而成了有名的信使专家。

玻璃吉普车顶露出水面，孩子们已经能够清楚地看到自己的

6 好船，"飞云号"

船，船长正伏在船栏上眺望。在悉尼，他们见过这位船长。在那儿，他们租下了这条船，还有这位特得·墨菲船长以及他船上仅有的两名船员。

特得船长和蔼可亲，他那刚毅的脸被热带的阳光晒得黝黑。这张脸经历过许多风风雨雨，笑起来满脸皱纹。

"飞云号"是特得船长自己的船，但在租约有效期间，它属于亨特兄弟，兄弟俩都为它而感到骄傲。从第一斜桅到尾舵，这船总长24.5米，船最宽处是9米。船上装有一部备用发动机，但船的动力主要来自它那优美的张着的风帆，只有在礁石之间迂回行驶时才用得着发动机。顺风的时候，这些风帆能使船速达到每小时17海里。以前，它一直是比赛用的快艇，曾经好几次获得一年一度的赛艇优胜杯。

哈尔定做了标本箱，现在，船长告诉他标本箱已经造好，请他放心——造好的两个大箱是装大鱼的，几个小箱用来分装那些可能会互相残杀的家伙。所有标本箱都安上了盖子，天气晴朗时，盖子可以打开，气候恶劣时，可以把它关紧，以免鱼和水泼溅出来。

船长干得好，哈尔向他表示祝贺，然后发动"吉普"下潜。罗杰在抚摸自己的右肩。

"伙计，怎么啦？"哈尔问。

"没什么。"罗杰说。

"如果你说没什么，那就是有点儿不适了。你的肩膀痛，对吧？咱们再往深处潜。"

当深度计显示60米左右时，罗杰松了口气儿。"不痛了。"

他说。

"好,"哈尔说,"这只是气栓病的先兆,它正好给我们敲响了警钟,我们不能冒险地游上游下。"

"那到我们最后要回上面去时可怎么办呢?"

"到我们打算永远离开这地方时,我们得慢慢地上浮,以便有足够的时间来排出肺里的氮气。真正的气栓病会使人终生瘫痪。还记得我们在夏威夷群岛见过的那个可怜的坐轮椅的家伙吗?为了得到在极深的深海里才找得到的黑珊瑚,他从拉海那海岸潜下深海。那是40年前的事儿了,打那以后,他就一直坐轮椅了。他还算是幸运的,还有一些想采黑珊瑚的人一露出水面就死了。"

海豚忠实地跟随他们下潜。把他们的玻璃甲虫停放在车库以后,兄弟俩爬进小屋。"酒瓶先生"从洞口把头伸上去跟他们聊天。

"又下来了,真好啊!"罗杰说,"伙计,上头真热,不是吗?准有100度①。"他看了看墙上的温度计,"这儿才75度。"

"是呀,"哈尔说,"海底下面的气候确实比上头好,好处可多了。住在海底用不着担心台风、旋风、龙卷风或者飓风,也不用害怕电闪雷鸣。没有雹暴或暴风雪;没有美国西部那种令人心烦的风沙,也没有烟雾。海底城不会被洪水冲走,隔离在水里的房子也不会因失火而被烧毁。海洋深处没有噪声,所以人们把海底叫作'寂静的世界',当然,不是万籁俱寂。那儿有石鲈和海

---

① 度:此处指华氏表的温度。

6 好船,"飞云号"

鲫的呱呱声,红鲐鱼的呼噜声,还有别的轻微的响声。但比起汽车、卡车、火车和飞机的吼叫,这些声音根本算不了什么。

"虽说海底有种种困难和危险,但气候和噪声不会成为问题。在陆地上气温忽高忽低,在这儿却相当稳定,无论白天黑夜,日复一日,年复一年,海底的气温几乎总是不变。

"当然,你得当心那些会咬人、抓人或蜇人的海洋生物——但伤口几乎总是过一夜之后就能愈合。在水面的船上,碰上炎热的天气,一般的伤口得三个星期才能愈合;而在水下,同样的伤口两天就会好。这是因为两个地方的细菌不一样。在水面上,人的体重会持续减轻,而在水下的人却肌肤丰满,脸色红润。将来,一辈子住在海底的人可能会很长寿,也许,会大大超过100岁呢。"

"酒瓶先生"在上蹿下跳。它想玩儿,想干活儿,不管干点儿什么都行。

"我来找点儿事给你干。"罗杰说。

他在一张纸上写道:只不过想看看这办法行不行。

他把纸条放进塑料袋,用细绳把袋口扎紧,让海豚咬住绳头。

海豚还会记得他最后一次让它咬住缆绳的情景吗?

"酒瓶先生"马上从洞口滑进水里,飞快地往上游,一会儿就不见踪影了。

两三分钟后,它回来了,嘴里仍然衔着塑料袋。罗杰很失望,"才两三分钟,它不可能这么快就游了个来回。也许,它并不像我所想象的那样聪明。"

他摘下塑料袋,把它打开,"瞧,我的条子还在。你这条笨海豚!还优秀通信员呢!"

他漫不经心地打开纸条,随即兴奋地大叫起来。在他写的条子下方,船长写道:这办法行。

罗杰抚摸着海豚湿漉漉的头,"我还说你笨,原谅我吧。你多么机灵,多么神速啊!"

海底世界和"飞云号"之间有了特快专递,这可是一项伟大的成就,哈尔和罗杰一样感到欢欣鼓舞。不过,最高兴的看来还是那条海豚,它发出自豪的兴高采烈的哨声。正在这时,它被什么东西或人狠狠地戳了一下,游走了。

房子下面的洞口露出另一张脸,这张脸可不像海豚的脸那么招人喜欢。

7 恶棍

卡格斯瞪着两个孩子。

"哎哟,老子真是笨蛋,"他咆哮道,"他们说有人要来,我竟然没想到是你们。"

"不错,你还记得我们?"哈尔说。

"我还以为你们死了呢!"卡格斯嘟嘟囔囔地说。

"你施尽毒计要把我们整死,"哈尔说,"那天你私自把船开走,把我们丢在荒岛上等死。打那以后,我们就再也没见过你了。"

卡格斯阴险地笑了,"好啦,我只不过跟你们开个小玩笑。不管怎么说,过去的事已经过去,"他尽量装出和气的模样,"我相信,你们不是那种小气记仇的人。我们没有理由不能成为朋友。"

他爬进屋,到房里去脱下潜水服,换上干衣服。

他从屋里出来坐下,"现在,孩子们,我想我们该谈一谈。老板跟你们说过我在这儿吗?"

"说了。"

"你们跟他说了你们以前见过我吗?"

"说了。"

"你们打算——呃,打算把过去发生的事儿告诉他吗?"

41

7 恶棍

"我们不能保证不说。"哈尔说。

卡格斯沉下脸,"这么说,你们不能保证不说。嗯,我看你们还是保证不说出来为好。我是这儿的人,你们知道,我以前在这些岛上搞过珍珠买卖。"

"倒不如说当过盗珠贼,"哈尔说,"现在,你觉得这地方可能有好买卖,所以到这儿来了。在这儿,人们可能会挖出黄金、白银,甚至可能找到钻石、珍珠或者装满财宝的沉船,到这样的地方偷盗当然是好买卖啰。何况,还有价值数千美元的珍奇动物活标本呢……"

"哎呀呀,"卡格斯打断他说,"你可冤枉我了。我知道,你们认识我的时候,我的表现不大好,但我现在改了。过去,我装扮成传教士,可现在,我是一名真正的传教士。我已经认识到自己的错误。过去,我是骗子,瞧,我愿意坦率地承认这一点,我用阿基伯德·琼斯这个假名到处行骗。但那一切都已成为过去,我没有对任何人说我两次因杀人坐牢。现在,我用的是我的真名墨林·卡格斯。这难道还不足以使你们相信我已经痛改前非了吗?现在,我心里只装着别人,不再只为自己着想了。难道你不觉得应该给我一个机会吗?如果你们出卖我,我就完了。我要求你们答应我不说出去。"

"你不觉得你这要求太过分了吗?为了狄克博士和这儿的其他人不再因为你那些肮脏的勾当而受害,我们应当把我们所了解的情况全说出去。"

"我对你们说过,我已经改好了,"卡格斯争辩道,"我已经变得像婴儿一样纯洁无邪。为了纪念我那已经去世的父亲,从今往后，我只想好好做人。"

"鬼话！"罗杰大吼道。

卡格斯恶狠狠地望着他，"年轻人，可不许这样说话。"

说着，他回到自己的房里。

"我认为，应该把他的情况全部告诉狄克博士。"罗杰说。

哥哥摇摇头，"我不想这样做。也许，他说的话只有千分之一是真话，也可能只有百万分之一，我说不准。但无论如何不能急于下结论。咱们等一等，看看情况再说。"

"情况恐怕只会越来越糟，"弟弟说，"噢，我知道你是怎么想的了，你以为，每个人身上都会有好的一面。莫名其妙！我看，你是跟动物打交道打得太多了。任何动物都会有好的一面，但我认为，人类就不一定是这样，特别是卡格斯。我想如果我们不肯答应保持沉默，他会把我们干掉的。"

"是福是祸，到时候再说吧。现在先别杞人忧天了。"

不久，哈尔就忙得顾不上去管卡格斯了。他心里有上百个计划，并且满怀实现这些计划的雄心壮志。

"首先，"他对狄克博士说，"我想去钓鱼。"

狄克博士惊讶地扬起了眉毛。这位年轻的博物学家一直都在埋头从事认真严肃的工作，而现在，一开头他就想逃学去钓鱼。

哈尔扮了个鬼脸笑着说："我知道你心里是怎么想的。其实，我并不是个花花公子，我的确认为钓鱼几乎是我目前所能干的最重要的事情。大海拥有数以亿万计的优质食用鱼，但千百万人还在饥饿线上挣扎。这么多的鱼，我们的渔民却不能大量地捕捞上来。他们垂下一只鱼钩，钓起一尾鱼，或者，撒下一张网，捞上

7 恶棍

几十尾鱼。我们的祖先1000多年前就开始这样干了,这种捕鱼方法早就过时了。"

"我赞成你的看法,"狄克博士说,"你是否认为你能够发动一场捕鱼方法的革命?"

"我不知道,但我实在想试试。我一直在想,想得很多很多。到这儿来之前,我在纽约购置了一些现代化的装备,用这些装备捕鱼,一次能捕捞成千上万尾,而不仅仅是一尾或者100尾。"

"什么样的装备?"

"哑哑枪、穿孔灯、电震捕鱼器、超声波束发射仪、麻醉剂、挤鲸奶的挤奶器、激光射线装置,还有能把成群的鱼抽到船里的真空提升机,它的原理和真空吸尘器相似。"

狄克博士惊奇地瞪着哈尔,说:"你所能干的工作大大超过了我们的期望,我看,雇用你可真合算。你说的那些东西对我来说大都是新东西。有些我曾经听说过,但做梦也没想到它们可以用来捕鱼。"

"还不一定行,"哈尔老老实实地说,"我们正想搞清楚行不行。"

"它们好像挺贵的,"狄克博士说,"我想,基金会应该提供这笔费用。要是你把账单给我,我争取叫他们给你报销。"

"没有账单,"哈尔说,"就算是约翰·亨特父子公司资助你们的科研项目吧。何况,我们目前还不知道它们顶不顶用呢。"

"提个问题,"狄克博士说,"很多鱼不能食用,你有什么办法找到你们能成批捕捞的优质食用鱼吗?"

"有一个办法,"哈尔说,"就是让我们的朋友帮忙。"

"哪一位朋友？卡格斯吗？"

"不，不是卡格斯。那位正在窗口那儿往里张望的绅士是我们的新朋友。狄克博士，请让我把'酒瓶先生'介绍给您。"

博士瞪着海豚，"什么，这只不过是条海豚罢了，它能帮你什么忙？"

"声呐。"哈尔说。

狄克博士摇摇头，"我不懂你的意思，但我完全信任你。干吧，做你的试验吧，祝你好运！"

哈尔和罗杰又驾着吉普带上"酒瓶先生"出发了。这一回，罗杰熟练地操纵着驾驶杆，小心地避开附近房屋的窗户。马鲛鱼街上的行人和游泳者们用不着担心被削掉脑袋了。

"我们去找什么？"罗杰问。

"大鱼群。"

"我们身边到处都是鱼呀。"

"对，但它们大都不宜食用，眼下，我们只对能成为佳肴的鱼感兴趣。"

他们找了很久才找到要找的东西，一大群肥美的鱼挤在一块儿，朝着一个方向游，像正在迁徙的候鸟。

"这就是我们要找的鱼，"哈尔说，"金枪鱼——美味呀！我们只花了一个多小时就找到了它们。在水面上，渔船要找到一群金枪鱼得花好几天呢。发现鱼群后，所有的渔民都用渔钩和渔丝来钓，每次只能钓一条，这就使冷库里的金枪鱼价格昂贵。如果能简便快捷地找到金枪鱼群，又能大批地而不是一条一条地捕捞，金枪鱼的价格就会便宜10倍。到那时，世界上许多吃不起

7 恶棍

金枪鱼或其他肉类的人就买得起了。哦，我得走开一下。"

他跳出吉普，游到海豚那儿，亲热地摸摸它，然后，用胳膊搂着它的脖子，带着它向金枪鱼群游去。

和大多数鱼一样，金枪鱼非常好奇，见到哈尔和海豚，它们都围拢上去。"酒瓶先生"想抓鱼，哈尔制止了它，可不能让它把鱼群惊散。他在鱼群里待了很长时间，让"酒瓶先生"有足够的时间在脑海里留下这样一个印象：这是一种特别的鱼，对它的人类朋友来说，它们比别的许多鱼都重要。

哈尔觉得海豚已经记住了这一点，课上得差不多了，于是，把"酒瓶先生"带回吉普那儿去。

几分钟之后，他让他的伙伴回过头，再次向鱼群游去。金枪鱼群一直在慢慢移动，已经不在老地方了。这一回，哈尔让"酒瓶先生"当向导，海豚径直朝鱼群所在的新位置游去。它不等人带领，拖着它的朋友游得飞快，哈尔无须游动，只要紧紧抓住不撒手就行了。后来，他们又到鱼群中走了一趟，然后，又回吉普那儿去。最后，兄弟俩进了小屋，不过，没把吉普开进车库。

在屋里待了10分钟后，哈尔说："好了，咱们去看看它到底学会了什么。你上吉普做好出发准备，我过一会儿就来。"

他游出去，又一次用胳膊搂住"酒瓶先生"的脖子，开始把它带往鱼群最早所在的位置和后来曾经待过的位置。

但"酒瓶先生"不肯往那两个地方游，它挣脱了哈尔，向另一个方向游去。哈尔放开它，爬上吉普跟在它后面。

"没用，"罗杰说，"它在朝错误的方向游，它不知道你要求它干什么。"

"走着瞧吧,"哈尔说,"也许它更清楚自己该往哪儿游。加大油门!"

海豚一边游一边不断地发出咔嗒声。

"它干吗咔嗒咔嗒地叫呀?"罗杰奇怪地问。

"声呐。"哈尔说。他还没来得及仔细解释,那群金枪鱼已经在他们眼前了。

开头,他们花了一个钟头才找到这群金枪鱼,现在,两分钟就找到了。

罗杰困惑不解地问:"它怎么不往鱼群原先的位置游呢?它游的完全是另外一个方向啊。"

"答案是声呐,"哈尔说,"声呐是利用回声的一种办法。你知道蝙蝠为什么能在黑暗中飞翔而不会撞上岩石、树木或者别的障碍物吗?它不断地发出轻微的声音,这声音碰上任何东西都会被反弹回来,蝙蝠就依靠这些回声调整飞行的方向。根据回声的强弱,蝙蝠能判断物体离它有多远。海豚跟蝙蝠一样需要回声为它指引方向,所以它一直咔嗒咔嗒地叫,这也是它朝另一个方向游动的原因,鱼群一直在移动,已经不在老地方了。"

罗杰反驳道:"可是,它周围的回声成千上万,它怎么知道哪一种回声是金枪鱼反射的呢?"

哈尔摇摇头,"你提出的是一个价值100万美元的问题,没人能回答,至少,到目前为止还没有。为了解答这个问题,美国海军每年耗资100万美元。"

"这问题怎么那么重要?"

"因为一旦弄清了海豚回声系统的工作原理,我们就能制造

7 恶棍

出具有同样功能的机器。那可能得花很多年的工夫。不过,他们目前已经了解了一些有关海豚的令人惊叹的情况。他们的一位研究人员温索罗珀·凯洛格博士已经发现,海豚甚至不需要用眼睛就能找到它所找寻的东西。凯洛格博士把一条海豚的眼睛蒙起来,然后,往水里扔了条鱼,海豚便径直向鱼游去,一口把它吞掉。"

"真令人难以相信。"罗杰说。

"确实难以相信,但更令人难以相信的还在后头呢。凯洛格博士还证明了海豚蒙着眼也能把一种鱼和另一种鱼区分开来。他把一条爱吃鲻鱼不爱吃西鲱鱼的海豚的眼睛蒙上,然后把它放到一个两种鱼都有的鱼池里,海豚毫不迟疑地绕开西鲱鱼,大口大口地吞吃鲻鱼。

"他又把这条仍然蒙着眼的海豚放进另一个鱼池,池子里有一条真鲻鱼和一条塑料鲻鱼。塑料鲻鱼做得惟妙惟肖,模样、大小都跟真的一样。但海豚却向真鱼直扑过去,完全不去理会假鱼。

"还有人教一条海豚玩一种球类游戏。他们把一个钢球给这条海豚看,同时给它一条鱼吃。接着,又让它看一个稍微小一点儿的钢球却不给它鱼吃。随后,他们蒙上海豚的眼睛,把大小两个钢球都扔进水里。海豚跃入水中,捞起大球,又吃到了一条鱼。它就这样反复了 20 次,每次都捞起大钢球,一次也没弄错。那两个钢球大小差异极小,连训练者本人都必须借助卡尺才分得清,可海豚的声呐系统却能每次都把它带往它想要的钢球处。"

罗杰自豪地看着他的海豚,"老天,它简直比我们还要

49

精明。"

哈尔表示同意，"在某些方面——精明得多。"

"但是，还有一件事我不明白，"罗杰说，"一条渔船花很多个小时甚至好几天才能找到的鱼群，海豚只花几秒钟就能找到，这一点，你已经证实了。可鱼群找到以后，怎么往船上弄呢？"

"问得好，"哈尔说，"我们马上就来找答案。把无线电话递给我。"

他拿着电话呼叫："'飞云号'，特得·墨菲船长，是您吗？特得船长，玻璃吉普在呼叫。"

过了一会儿，他听到回答，"我是特得，是哈尔·亨特吗？"

"是！特得，我们想送点儿鱼上去，请把大池的水装满。我们马上向您靠拢，送一面系在绳头上的信号旗上去。跟着那面小旗，我们会把您带到鱼群里。请准备把真空提升机放下来。"

"明白，"特得船长回答，"完毕。"

"什么是真空提升机？"罗杰问。

"就是真空吸尘器。知道吗？就是我们在纽约买的那根大真空软吸管。"

罗杰露出莫名其妙的神情，但他不再问下去，他愿意等等看。

"酒瓶先生"帮着吉普把"飞云号"带到一大群金枪鱼的上方。

"好了，特得，放下来吧。开动水泵。"一条粗大的黑软管像蛇似的溜下来。"打开探照灯。"哈尔说。明亮的灯光能把鱼群引来，这一点，渔民们在好几个世纪以前就知道了。罗杰拧亮探照

7 恶棍

灯,金枪鱼立刻围拢过来。

哈尔从吉普里游出去拿起软管头,在水泵巨大的吸力下,软管剧烈地震动。哈尔得非常小心,手臂不能挨着管口,不然,胳膊就没了。真空管有极大的吸力,据说能透过皮肤把人的血吸出来。

真空管不算什么新玩意儿,多年以来,寻宝人一直用它吸掉覆盖在沉船上的那些泥沙。但是,从来没有人想到用它来捕鱼。这办法是哈尔自己想出来的,到底行不行他心里也没底。

鱼飞快地拥进软管,哈尔根本数不清。他把软管口拖到鱼最密集的地方,鱼像流水似的拥上去,拥进上头的鱼池。10、20、30……几分钟之内,成百成百的鱼上了船。剩下的鱼取代了它们的位置争先恐后地向灯光游去,它们显然对那条巨大的"黑蛇"很感兴趣,但是,它们还没来得及摆摆尾巴,就被那条"蛇"吞噬了。10分钟后,好几千尾的一大群鱼全部登上了"飞云号"。一艘小渔船得花很多天甚至好几个星期才能达到这一纪录。

哈尔返回吉普,拿起电话,"特得,行了。"

"噢,"电话里传来船长惊讶的声音,"那一池子的鱼挤得像沙丁鱼罐头。"

"好哇,"哈尔说,"把它们运到凯恩斯,送往水产公司。告诉他们这些金枪鱼是怎么样捕到的。"

哈尔去向狄克博士汇报,狄克听得目瞪口呆。

"我一辈子也没听说过这样的事,"他说,"知道吗?年轻人,你发动了一场渔业革命。用海豚和真空吸尘器捕鱼!我要把这件事写成简报寄给科学杂志和美联社,美联社会通过报业辛迪加在全世界的报纸上同时发表这一消息。总有一天，所有渔民都会用海豚和真空管去捕鱼，而不再沿用渔钩或渔网。不过，有那么多金枪鱼供他们捕捞吗？"

"这方法不限于金枪鱼，"哈尔说，"在海里，很多优质食用鱼是成群结队的——长鳍金枪、鲻鱼、鲈鱼、鳕鱼、油鲱、马鲛、军曹鱼、石首鱼、刺鲅、䱵鳅，还有上百种其他鱼。当然，对那些不成群结队或体形太大不能进入真空管的鱼，我的这个办法是不能取得预期效果的，比如，箭鱼、锯鳐、鲨鱼、太平洋海鲈，等等。我正在考虑用别的办法去捕捞。"

"你的脑袋真是一部很好的智囊机，"狄克博士说，"我相信，这个问题你也一定能解决。"

8 杀人鲸①

"来客人了,"哈尔回来时罗杰告诉他说,"瞧,就在外头。"

又有两条海豚跟"酒瓶先生"一起来了,它们正把头从地板上的"大门"伸进屋,3条海豚的鼻子都像喷泉似的喷射着水花。通常,海豚或鼠海豚把头伸出水面时都会这样。

正巧坐在"门"旁的卡格斯美美地洗了个淋浴。他跳起来,把脸一抹,恼火地说:"我受够了。我抗议,不能跟这么3只畜生住在一间屋里。"他踢了身边的海豚一脚,3条海豚全都从门洞口缩回水里。

罗杰生气了,说:"这样对待客人可不好。"

卡格斯吼起来:"它们不是我的客人。你们乐意和动物交朋友,那是你们的事。也许,你们就是半人半兽。我可是比那种东西高级。"

"真抱歉,它们把你给吓坏了。"罗杰说。

"吓坏个屁,"卡格斯反驳道,"哼,要吓唬我,那牲畜还不够格。"

话音刚落,他就一眼看见了够格吓唬他的东西,他这辈子还

---

① 杀人鲸:学名逆戟鲸,是一种喜群集的凶猛食肉鲸,有劲尾、利齿,以捕食大鱼、海豹为主,甚至结群袭击更大的鲸。——译者注

从来没这么心惊胆战过。

一张可怕的大嘴从门洞伸进屋里,它耸立在屋当中,足有一米半高。上下颚都密密地排满凶残的牙齿,50颗牙齿全都有巴掌长,像梭镖一样锋利。整个巨口活像鳄鱼嘴。

那怪物把这些巨齿咬得咯咯作响,像打机关枪似的,卡格斯吓得缩到屋子最里头的角落里。

"是杀人鲸。"哈尔说。

这一句话足以把卡格斯吓得魂飞魄散,他顺着墙根溜到自己的房门口,一闪身进了屋,"砰"地把门关严了。

眼前这只怪物就是人们常说的那种陆地上和海洋里最可怕的动物。许多关于吃人鱼的故事都讲到它们怎样把小船咬出洞来,把船上的人掀到水里,然后把他们生吞。然而,经过仔细调查,人们却发现袭击船和人的不是杀人鲸而是鲨鱼。

"你说,是什么把它给引来的呢?"罗杰问。

哈尔说:"我猜,它看见海豚来看我们,它也想来看看。它属于海豚家族,你知道,它在所有海豚当中体形最大、速度最快,对别的动物来说,又是最危险的。那两排牙齿一口就能把海狮咬成两半,即使是最大的鲸,它也不怕。它敢攻击它,撕咬它的嘴唇,把头伸进它的嘴巴,一口咬掉它的舌头——那是它最爱吃的东西。

"它的胃足有2米长。人们曾在一条死杀人鲸的胃里发现14头海豹和13条海豚,都是囫囵吞下的。"

"可是,它为什么连海豚也不放过?你说过它属于海豚家族。"

8 杀人鲸

"不错。但人类也会互相残杀,不是吗?那么,大海豚为什么不能攻击弱小一点儿的海豚呢?"

"不过,它没伤害刚才把头钻进洞口来的那3条海豚,它只不过把它们推开罢了。"

"我不知道为什么,"哈尔说,"也许,它以为它们想伤害我们。"

"就算是,这关它什么事呢?"

"像别的海豚一样,"哈尔说,"它是人类的朋友。噢,我知道,有许多传说讲到它袭击人类,对吗?我个人认为,那全是胡说八道。我也不相信它会在船上咬洞。不是因为它做不到,以它的利齿咬穿5厘米厚的船壳简直轻而易举。海船里头船壳最薄的要数因纽特人的皮舟了,它们是用约半厘米的海豹皮造的。可是,从来没有一个可靠的记录说到过杀人鲸袭击皮舟。"

"你说,我能把它训练成宠物吗?"罗杰急切地问。

哈尔笑了,"一只相当大的宠物。它少说也有9米长,重得像头大象。但我相信你做得到,因为已经有人这样做了。圣地亚哥有一个叫'海洋世界'的大型水族馆,那儿有一条名叫沙姆的宠物杀人鲸。人一喊,那鲸就会过去。它到处替人传递物品;头上箍着个圈圈用来拖独木舟;人一抓住它的一片鳍,它就会把人牵着走。它会摇铃,会用尾巴走路,会从水里腾空跃起,甚至会唱歌——虽然我并不打算说它是一位优秀的歌星。它让人骑在背上,以吓人的速度在水池里兜圈。它张着嘴让人用一把巨型牙刷刷它那些剃刀般锋利的牙齿,甚至让它的教练把头伸进它的嘴里。"

"你认为这一条也会让我这样干吗?"罗杰问。

"我不知道。我可不愿意看见你去做那样的尝试。"

"杀人鲸说话了,我猜,它在邀请我过去试试。"罗杰说。

哈尔不以为然,"别胡思乱想了,我可不想要一个没有头的弟弟。"

罗杰往巨口那边挪了挪,巨口的模样吓得他脊背发凉,那张嘴巴竟跟他一般高。

罗杰一边凑近那张巨口,一边像跟猫交谈一样柔声说话。他不停地说了很长时间,一点点地凑近那张巨大的嘴巴。

张开的巨口屹立在屋当中,仿佛正等着什么细嫩多汁的美味往里掉。

热浪和寒流交替地在罗杰全身涌动,他真希望自己没有开始这样一个试验,现在,他可是骑虎难下了。他不想让哥哥看出他吓昏了头,他也不能让那怪物看出他的畏缩,那只会增加它发起进攻的可能性。如果他真想让那怪物成为他的朋友,他就必须熬过这一关。

他终于站在够得着那位客人的位置上。他又温柔地说了几句话,然后,战战兢兢地伸出手去抚摸鲸下巴下光滑的皮肤。猫、狗和海豚都喜欢让人摸下巴,杀人鲸可能也一样。

"暂时到此为止吧,"哈尔说,"别的以后再说。"

"我觉得它这会儿心情好。"罗杰说。

他举起手去抚摸它的嘴唇,接着,一边继续轻轻地说话,一边把手放在那些尖锐的牙齿上。

上颌落下来了,手被轻轻地夹在上下齿之间。

8 杀人鲸

罗杰知道，这是一个考验。他在动物方面的知识足以使他知道，如果他现在猛然把手抽出来，他就将失去成为这只动物的朋友兼教练的时机。那锋利的牙尖挨在手上不太舒服，那些牙齿会像快刀切黄油似的把他的手咬断。

牙齿松开了，现在，罗杰可以把手抽回来了。但他反而把手往里伸，连胳膊肘都伸了进去。哈尔屏住呼吸看着。

杀人鲸搭话了。尽管罗杰听不懂它的话，但他能感觉到那语调是友好的。他慢慢把手抽出来，又去搔鲸的下巴。搔了一会儿，他把脸凑上去往下看那怪物的喉咙。喉咙很大，完全能一口把他吞下去。

罗杰满以为那家伙温热的气息会扑面而来，但他连一点儿风丝都没感觉到。他忽然想起这家伙是用鼻孔而不是用嘴巴呼吸的。嘴里嗅不到口臭。鲸的嘴巴发出恶臭，是因为它吞吃的食物碎屑残留在牙缝里。杀人鲸不咀嚼食物，不管什么它都囫囵吞下。它长牙齿是为了咬住扭动挣扎的鱼，而不是为了把它们嚼碎。它长的全是用来咬住食物的门牙，没长咀嚼用的臼齿。

罗杰慢慢地把脸伸进那张开的上下颌间，就像进了山洞，这山洞足以放下一打像他这样的头。

他把头整个儿伸到两排牙齿当中，那嘴巴如果正在这当儿合上，牙咬在他的脖子上，他可就被夹住了，不管怎么挣扎也脱不了身了。幸好他母亲这会儿不在跟前——她会晕过去的。

9 有勇有谋

罗杰把头从死神口中慢慢地缩回来,禁不住长长地松了口气儿。

试验总算结束了,他哥哥也非常高兴。他说:"它知道你的头不是鱼,它肯定非常聪明。"

"你真的这样想?"罗杰问,"他真的很聪明吗?我一向以为大象差不多是动物之中最聪明的。"

"杀人鲸的大脑比大象的大6倍左右,"哈尔说,"只了解陆地而对海洋一无所知的人以为大象和黑猩猩是非人类生物中最聪明的。但是,对海豚以及杀人鲸的试验表明,它们的智商高于我们所知道的任何海洋或陆地生物。

"以前,有位名叫弗洛恩的了不起的驯兽员经常举办动物展览。谈到海豚时,他这样说:'在所有和我一起工作过的动物当中,它们最能迅速领会我的意思。'你已经在电视上看过海豚弗利帕,它的教练叫欧·费尔德曼。他说:'只要它领悟了我要它玩的新把戏,它就能表演出来,而且永远不会忘记。6个月以后,只要我向它发出同样的信号,那可能仅仅是打个响指,它马上就能分毫不差地把那套把戏表演出来。'

"著名科学家利里博士把海豚作为他终生研究的对象,他取得了比欧·费尔德曼更进一步的成果。他说:'海豚学东西像人

9 有勇有谋

类一样快。'杀人鲸能辨别轮船和帆船。轮船追它时,它会钻进深水逃跑;如果追它的是一条帆船,它知道,只要它顶着风游,帆船就追不上它。

"杀人鲸有它们自己的语言。一条鲸遭到袭击会警告鱼群中别的鱼,这警报一眨眼就能传10千米远。一条鲸被捕鲸炮打伤,就是安装在捕鲸船头的那种炮,它会警告别的鲸提防捕鲸炮,而为了使它们明白它的意思,它必须能描述那种武器,以便其他鲸见到捕鲸炮时能够辨认。"

"如果它真这样聪明,它应该能给我们很大帮助,"罗杰说,"有什么事情海豚干不了而它却能干的呢?"

"有,举个例子说吧,海豚拖不动的重物它拖得动,它能毫不费劲地拖着整整一吨重的东西游动。它的力气比得上一整队大象。海豚能够在上头的船和我们之间跑腿、运送工具或追踪鱼群,但如果东西太重,那就只能请杀人鲸来干了。唯一的问题是我们能否让它待在我们这儿。"

"我想,它会愿意和我们待在一块儿的。"罗杰说。

"难说,"哈尔说,"它已经走了。"

果然如此,"大门口"空荡荡的。罗杰急忙往窗外看,他的新朋友正在附近游来游去。一条杀人鲸在马鲛鱼大街上大摇大摆地游逛,行人吓坏了,慌慌张张地往屋里冲。一看见杀人鲸,他们就能根据它那2米高的脊鳍、黑背、白肚皮以及那张可怕的大嘴巴认出它来。他们读过许多有关这个万恶的家伙的胡拼乱凑的故事,这些故事说杀人鲸是世界上最可怕的动物。

但哈尔、罗杰,以及别的试验者们更了解这种动物。要是人们都了解它们，也许，对杀人鲸的愚蠢的捕杀行动就能制止了。

哈尔打电话给狄克博士报告刚才的情况。

"你们为科学做出了重大贡献，"狄克博士说，"你弟弟很勇敢，而且有智谋。"

"对，"哈尔表示同意，"我也觉得他很勇敢，甚至还有一点儿智谋。"

看见罗杰在听，他又恶作剧地补了一句，"几乎跟杀人鲸一样足智多谋。"

卡格斯的房门慢慢打开了。卡格斯在窥探外头的动静。一看见那张巨口不见了，他挺起胸脯，像只凸胸鸽似的踱进客厅。

"你怎么没留下来看表演呢？"哈尔问，"你害怕我们的客人吗？"

"嗯——我——不，当然不是，我有更重要的事儿要做，那比看一只蠢动物表演重要。"

他的话引起罗杰的不满。罗杰说："要是你说那条杀人鲸蠢，你自己就蠢到家了。"

卡格斯瞪着罗杰，似乎这么一瞪就能使那孩子惊慌失措。他正要生气地开口反驳罗杰，忽然，似乎经过考虑后决定犯不着。过了一会儿，他柔声地说："我唯一想要的是人世间的和平，还有，海底的和平。正如我在上星期天讲过的，人类将来注定要在这个碧波下面的世界里生活，这个世界比上头那个干燥的世界大3倍。到目前为止，它一直是个和平的世界。但是，那些曾经在旧世界肆虐的灾难困扰已经开始威胁这个新世界。为了霸占海底，大国们在相互倾轧。俄国的海底舰队相当于英美两国海底舰

9 有勇有谋

队的 2 倍。为了应付战争，美国正在武装它的北极星潜水艇。我们必须防止深海战争。为了保证国与国之间的友好关系，首先得从人与人之间的兄弟情谊做起，就从这个海底城里我们自己相互间的兄弟情谊做起，从每个家庭做起。而这就意味着从你我之间做起。"

兄弟俩被他那温和的微笑深深感染，这微笑出现在这张他们过去那么熟悉的、残忍的脸上，显得很奇怪。

"讲得真好！"哈尔说。

连罗杰都受到了触动，说："对不起，我这人心直口快。"

卡格斯笑得更温柔了，"没什么，我的孩子。我相信，在这平静的海底世界里，我们都会觉得宽恕和忘却是很容易做到的。"说完，他回房间里去了。

哈尔和罗杰沉默着，好半天哈尔才说："也许，他是真诚的，你说呢？"

"我不知道该说什么。"罗杰说。

3 位年轻的博物学家，哈尔、罗杰和"酒瓶先生"，解决了把数以百计乃至数以千计的鱼整群提升到水面装进船舱的难题。使用老方法得花很多天才能完成的任务几分钟就完成了。

小鱼或中等体形的鱼用这办法都挺好，但大鱼怎么办呢？那些大得进不了真空软管的鱼该怎么对付呢？对付锯鳐的锯鳍用什么软管都不合适；大马林鱼的叉状鱼鳍会戳穿真空管；刺鲅鱼是庞然大物，鲔鱼和大马鲛会长到无限大，有些鲨鱼甚至大得像电话亭。对了，鲸又该怎么办呢？

"为了捕捞大鱼，"哈尔说，"我想做两三个试验。"

他走到电话机旁给特得船长打电话。

"特得,我马上派'酒瓶先生'上去,请把电渔具和激光机交给它。我想看看能不能用它们来搜捕大鱼。"

"好吧,"特得船长回答,"但我不懂,用那些玩意儿怎么能捕到鱼。我可是在海上待了50年了。"

"那是过去了的50年,"哈尔说,"今后的50年可能会发生巨变。当然,这些玩意儿不一定能行,但我想用它们来做做试验。哦,对了,我还要两样东西,一袋气球和一瓶压缩空气。"

特得船长哈哈大笑着说:"啊呀,那可真叫惊人的创举,用气球捕鱼!你能担保你的脑袋没叫氢气搅糊涂吗?"

"也许是搅糊涂了,"哈尔承认说,"不管怎么说,你还是等着'酒瓶先生'上去吧。"

"遵命。"特得回答。挂上电话时,哈尔仍然听到他在轻声地笑。

像平常一样,"酒瓶先生"把头从"大门口"伸进屋等待命令。哈尔把一段短绳放到海豚的嘴巴里。这时候,"酒瓶先生"已经懂得这是要它到上头的"飞云号"去跑一趟,但是,哈尔不愿意每一回都用这种放绳子的办法。"酒瓶先生"是被派上去传递消息,于是,他往上头一指,眼睛朝上看,同时清晰地说:"船——船——船。"有些教练曾经训练海豚学会服从口头命令,也许,他也能做到。他又把"船"这个字重复了好几遍。

海豚的鼻孔里传出一声回答。这一声回答既不是咔嗒一声,也不是口哨声,而是在模仿哈尔说话,模仿得不算很好,但有一点可以肯定,这动物想努力说出"船"字。它猛地把头往水里一

9 有勇有谋

缩,然后,箭一般地直往上冲。另外两条海豚和那条杀人鲸连忙跟上。

"好哇,"哈尔大喊,他高兴极了,"我正希望这'大孩子'能一起去呢,这可以教它懂得当我们差遣它去跑腿时该上哪儿去。"

不到5分钟,"酒瓶先生"回来了。特得船长往它的脖子上套了个圈,圈上系了一个网兜,兜里装着让它送的东西。

"酒瓶先生"带回来的远不止这些。除了"大孩子"和那两条海豚外,又有10多条海豚跟来了。海豚喜欢结伴,而且特别好奇。显然,"酒瓶先生"和它的朋友,上头那条船,还有"酒瓶先生"运来的那些器材引起了这些新成员的兴趣,眼下,它们又被水下这幢房子里的人迷住了。它们绕着房子游了一圈又一圈,从窗户往里张望,从"大门口"把头伸进屋,不断发出好奇的哨声和咔嗒声。哈尔欣喜万分。

"妙极了,妙得叫人难以置信,"他说,"入伙的越多就越妙。"

"你要那么多干吗?"

"总有一天,它们能派上用场。它们能成为我们大牛场上的好牧童。"

"大牛场?"

"哦,不是牛场,是渔场、龙虾场、牡蛎养殖场,还有海草场,那些特别的海草能制成优质食品。"

"海草谁吃呀?"

"日本人爱吃,他们用海草包米饭,蘸酱油,可好吃呢,既有营养又有益于健康。日本有一亿人口，那可是个大市场啊。而且，完全有理由相信，世界各地的亿万人民也会逐渐喜欢这种新食品的。不过，这都是将来的事儿了，咱们还是先捕大鱼吧。"

10

闻所未闻的捕鱼法

玻璃吉普把两个渔夫送到珊瑚崖那儿。他们关掉马达等着。

在珊瑚断崖的石缝和岩隙之间，在岩洞内外，成千上万的鱼儿在悠然漫游。它们穿着红的、黄的、蓝的、淡紫的衣裳，几十种浓淡各异的颜色绘成一幅瑰丽的图画。兄弟俩叫不出这些颜色的名称，在上头那个世界里，还从来没见过这么多颜色呢。

这些小美人当中有一些罕见的鱼，恐怕连科学界的人士都没见到过。能够得到它们的水族馆一定会感到非常荣幸，他们肯定会出大价钱。但眼下，哈尔还不想要它们。

这些鱼都很小，过一会儿，大个儿的客人准会来。兄弟俩都在呼吸吉普里的氦气，以免把水中呼吸器里的气体吸空。

半小时、一小时、一个半小时过去了，一条巨大的箭鱼终于露面了。哈尔拿起电枪，悄悄从吉普溜进水里，等着那条箭鱼游进射程。

但是，那条箭鱼对他和他的吉普不感兴趣，它悠然自得地到处逛。忽然，它轻盈地从崖面的植物上掠过，用头上的箭从一个岩洞里扎出一只章鱼来。章鱼的八根触须挂在它的钩形嘴上，使这条游来游去的箭鱼显得怪模怪样的。

"它怎样把章鱼弄进嘴里呢？"罗杰问。

箭鱼在回答：它在断崖上把章鱼蹭下来，趁着那浑身扭动的

65

家伙还没来得及躲进另一个岩洞，一口把它咬住。

"那是一种什么枪？"罗杰问，"像我们在非洲用过的那种射镖枪吗？"

"不大像，"哈尔说，"那种射镖枪上面涂的是镇静剂，能让动物睡着。这种枪却是带电的。"

"用电怎么能捕鱼呢？你的想法真古怪。"

"不古怪，"哈尔说，"再说，实际上这不是我想出来的。最先想出这种办法的是瑞典人，他们用电捕捉金枪鱼。而挪威人则用电捕杀鲸。"

"噢，这我知道，"罗杰说，"把一枚炮弹打到鲸体内，炮弹一爆炸，鲸就被炸开了花。"

"不，那是老办法了。那种方法使鲸的身体损伤得太厉害，再说，也太残忍了。有时候，炮弹没一下子把鲸炸死，他们来不及再补一炮，鲸就拖着残躯游走了。像人类一样，鲸是哺乳动物，它的神经也像人类的神经一样敏感。受伤的鲸得好几小时地，有时甚至是好几星期地忍受伤痛的可怕折磨，直到死去。新的方法是把一只带电的鱼叉射进去。鱼叉非常锐利，可以像皮下注射器一样刺入鱼皮内而不会引起疼痛。而且，电击能一下子把鲸击毙。"

就在哈尔把头钻进吉普的洞口继续跟弟弟说话的时候，那条箭鱼突然朝吉普冲来。他急忙扎进水里，举起电枪准备射击。可是，箭鱼忽然把尾巴猛地一摆，又冲出了射程。唉，为了逮这大家伙，他们已经等了两个钟头了。

又等了一个钟头，哈尔才射出了第一枪，箭鱼不动弹了，那

10 闻所未闻的捕鱼法

锐利的皮下注射器还真行!

"依我看,这同样是残忍的。"罗杰说。

"任何杀戮都是残忍的,"哈尔说,"你我都希望能活捉动物。但是记住,刚才我们不是在给动物园捕捉动物,而是在努力寻求更好的办法去为人类获取更多的食物。要得到肉食,就不可能不宰杀。用这种办法宰杀鱼一点儿痛感也没有。如果把一个大渔钩扎进鱼嘴,让它被渔船拖着游好几个钟头,然后才把它捞上船,它就得遭受几个钟头的痛苦折磨。两种办法相比,你难道不觉得新方法好得多吗?"

他拿着一张网溜出吉普,把网甩出去网住箭鱼,然后,把网绳绕在"酒瓶先生"的脖子上。海豚早就等得不耐烦了,它拖着那条大鱼,轻松地朝上头的船冲去。哈尔给特得船长打电话,让他准备把鱼拽到船上去。

年轻的博物学家对自己的试验很不满意,他认为试验是失败的:花3个小时才逮到一条鱼,行动这样缓慢,绝喂不饱世界上成千上万的饥民。

不过,还有激光呢,这可是新鲜玩意儿,他以前从来没用过。他检查了那部器械,它的大小和一部电影摄影机差不多。

罗杰问:"整部机器就这么一点儿吗?你说的什么渔叉、枪,还有别的东西我怎么都看不见呢?"

"不错,"哈尔说,"就这么一点儿。但这小玩意儿可不得了。电枪只能在10米的射程内使用,而这玩意儿最远能射16万千米。"

罗杰不相信,说:"你糊弄我。"

10 闻所未闻的捕鱼法

"不,我没糊弄你。在到月球去的旅途中,宇航员可以用它跟地面通话。它射出一束光,声音就跟着光束走。"

"我敢打赌,具有这种功能的器械一定贵得吓人。"

"开始制造的那几部确实昂贵。但洲际导弹的研究者彼得·索罗金博士已经发明了这种廉价型的,我只花了50美元就买来了。"

"可你要它有什么用处呢?你想跟鱼对话吗?"

"不,但我要知道它们在哪儿,这东西能帮我找到它们。它的工作原理跟回声探测器相像。不过比回声探测器更好,它不仅能发现大鱼,而且能告诉我鱼离我有多远。"

"你是说,它会说话?"

"不完全是这样。它会发出咔嗒声。听!"他开动那部机器,一束光射出来,同时,机器开始咔嗒咔嗒地响。每一声咔嗒之间的间歇很长。

"咔嗒声随着光束发射出去,"哈尔说,"碰上大鱼一类的巨大物体,就会被反射回来。根据反射所需时间的长短,我们就能知道鱼离我们有多远了。好啦,咱们开始搜索吧。"

他慢慢转动着那部器械的光电管,光束开始射向右边。器械持续地发出咔嗒声,但没听到回声。

忽然,回声咔嗒咔嗒地传来了。

"我们的鱼来了,"哈尔兴奋地说,"回声很强,准是个大家伙。鱼越大,回声就越清晰。从这个刻度盘看,鱼离我们应该是3千米左右。"

"这又有什么用?"罗杰不以为然,"等我们赶到那儿,鱼早跑了。"

"我们不到那儿去，"哈尔说，"鱼会到我们这儿来的。"

罗杰瞪着哥哥，"什么东西会把它引到我们这儿来呢？"

哈尔转动一个转盘，咔嗒声变得又密又强。"每秒100次的咔嗒声，"哈尔说，"由光束载着，有力地敲击在鱼身上。鱼很好奇，一听到异样的声音就会来看看是什么东西发出的。"

"这我知道，"罗杰说，"捕鲨鱼时，我们就是敲船边把鲨鱼引来的。它想来看看是什么东西在吵吵嚷嚷，结果，在离船几米的地方吃了我们一渔叉。"

"是呀，"哈尔说，"这家伙来得真快，刻度盘显示，在过去的几分钟内，它已经游了1600多米。我得带着电枪出去，等着在它光临的时候给它以热烈欢迎。你看，你会操纵这玩意儿吗？等我抓住这条鱼以后，你就马上转动光束，直到听见另一次回声为止。"

"我当然干得了。"罗杰说。能亲自参与这样新奇的试验，他感到很骄傲。

哈尔手持电枪下海去了。眨眼间，一条斑马模样的家伙追着光束闯来了。它的个头儿比斑马大一倍，皮色比斑马鲜亮。银子般的底色衬着淡紫色的条纹，深蓝色的鳍，绿色的背，雪白的肚皮。哈尔认出它是有名的背纹马林。赞恩·格雷在塔希提岛附近捕到的那条背纹马林重470多千克，创马林鱼标本的最高纪录。而大堡礁水域里的鱼几乎都比塔希提水域里的大，这就是一条名副其实的巨鱼。

它不像箭鱼那样吊儿郎当地闲逛整整一个钟头才把自己往枪

10 闻所未闻的捕鱼法

口上送。这个大家伙还没弄清咔嗒声是从哪儿发出的,就迫不及待地朝吉普冲去,直到嘴巴撞上了玻璃才停下来。哈尔开枪了,电击立时生效,鱼毫无痛楚地死去。

哈尔从肩头上取下绳卷,把绳头从张开的鱼嘴塞进去,让它从鳃那儿滑出来,然后,把它系在吉普的一根喷气管上。

罗杰把光束转开,又听到了回声。这一回声距离近多了,不到两分钟,又一位大个子客人来了。这是一条银马林鱼,体形较小,体重约莫 225 千克,比一匹马重不了多少。

没费什么手脚,哈尔就击毙了它,用刚才的那根绳子穿过它的嘴和鳃,让它跟它的表亲待在一块儿。

刚收拾完这条马林鱼,另一条又来了。看来,这天是马林鱼日。这次来的是一条有名的太平洋黑马林鱼。被捕获的黑马林鱼体重的最高纪录是 556.6 千克,那是一位运动员在这片水域里捕获的,他花了将近一天工夫,费尽力气才把鱼拖上船。

用钓竿和渔丝,一个渔民一天能钓上一条马林鱼已经算是非常幸运。他有时候可能得花一个星期才钓得到一条。而使用激光,10 分钟就捕获了 3 条。

又一条黑马林鱼来了,这一条看样子有一头大象那么大。接踵而来的是一条巨型鲔鱼,鼓眼睛、大嘴巴,一副惊诧不已的神情,沉重的上下颌一张一合,好像在说:"啊呀,兄弟!"

激光实在管用。它专门选择那些反射强回音的鱼,这就是说,每次都能捕到大鱼。

又捕获 6 条大鱼以后,哈尔示意罗杰把激光机关掉。

他解下喷气管上的绳子,套在"大孩子"的脖子上。海豚们发出急切的哨声，它们也想参加这场游戏。但这活儿可不是海豚干得了的。只有巨鱼才有本事把这些巨鱼拖到水面。

即使是杀人鲸干起这活儿来也很吃力。它知道它该上哪儿去，但让它拖着这一大批货上去，它也几乎感到吃不消了。它缓缓地费力地往上游。哈尔返回吉普给特得船长打电话，通知他要接的是什么货。

虽然预先接到了通知，船长看见"大孩子"拖着那一大串巨鱼在船边破浪而出时，还是措手不及。他给哈尔打电话。

"你开的什么玩笑？你说说看，我该怎么样把这群大鱼弄上船？"

"用你的龙门吊吧，"哈尔提议道，"每次吊一条。"

"可我该把它们往哪儿装呢？货箱都不够大。"

"堆底舱里吧，"哈尔说，"您做好准备，还要装呢。"

哈尔听到电话那头传来一声沉重的叹息。"我在海上整整50年了，"特得船长发出感叹，"从来没见过这种事儿！"

他没见过的事儿还多着呢。一个钟头后，从水面上传下来他苦恼的呼叫："停一下吧，行吗？底舱已经堆得满满的，甲板上的每一寸地方也都占满了。不管我们走到哪儿，抬腿就踩着鱼。再把这些可恶的东西往上装，我们的船就要沉了。"

哈尔哈哈大笑道："好吧，把它们运往凯恩斯分送出去。帆机并用，快去快回。我们等着你们，回来以后，还要装运更多更多的鱼呢。"

特得船长咕哝了几句，挂上电话。

"你说什么，更多的鱼？"罗杰埋怨说，"你觉得我们今天捕

10　闻所未闻的捕鱼法

得还不够多呀？"

哈尔笑了笑，"我们今天干的足以证明，激光和电枪配合效果很好。任何一艘小渔船都买得起激光机，但不一定装配得起发电设备。我还想看看单用激光机干行不行。"

罗杰露出不解的神情，"要把鱼引来，激光机倒还行。但要把鱼弄死，它恐怕不行吧。"

"如果我们增加激光的强度，我想，也许能行。"哈尔说，"在医学上，人们应用激光治疗某些疾病。比如，有一种很糟糕的肿瘤，像癌肿似的，叫作黑色素瘤。帕夏迪娜肿瘤研究所用激光杀伤这种黑色素瘤。只需要用很弱的光束，千分之一秒的时间就行了。"

"治疗那种什么瘤跟捕杀大鱼有什么关系呢？"

"因为强激光束会把病人和肿瘤一块儿杀死，所以，他们才用很弱的光束。我们一直在用很弱的激光束引诱鱼。可是，想想看，当鱼游近了，我们突然发射强激光束会怎么样呢？当然，这些大家伙比人结实多了，它们可能顶得住强激光束的冲击。我说不准——我们就是要弄清这一点。"

他们很快就弄清楚了。弱激光束引来了鱼，在最后一刹那，当那条好管闲事的鱼把鼻子往吉普上凑时，哈尔突然把激光机拨向高强度挡，于是，没等那条鱼弄清自己被什么打中，就完蛋了。

特得船长打电话来说他已完成任务，从32千米远的凯恩斯城回来了。这时，另外一大批要装运的鱼早已等候多时了。

这一次，不论是海豚还是杀人鲸都没捞着这开心的机会去把捕获的鱼运往水面。

"把气球包拿来,"哈尔说,"我想,我们得要3个。"

"要气球干什么?"

"干海豚和'大孩子'刚才干的活儿呀。"

"可要是它们干得了,干吗要用气球?"

"我们得考虑所有的可能性,"哈尔说,"咱们假设你就是一艘渔船的船长。你可能会训练海豚帮你的忙,但也可能不会。还有一种可能性,在你工作的那些海域里没有海豚。你的潜水员用激光机围捕到大鱼,你怎么把鱼弄上船去呢?"

"我明白了,"罗杰说,"但你用气球干也不行呀,气球只有在空中才能起作用。"

"你怎么会这样想呢?"

"因为我只在空中见过气球,从来没有在水底下见过。"

"可它们为什么不能在水下起作用呢?它们能在空中起作用是因为我们给它们充满比空气轻的气体。要是我们把比水轻的气体打进气球,它们就应该能在水下起作用。"

"什么气体?"

"什么气体都行,空气本身就是气体,它比水轻得多。"

他拿起特得船长送下来的那瓶压缩气体,"这是高压下的空气,它膨胀起来足以打满3个气球。我到外头去,你把气球一个一个递给我。"哈尔下水去了,罗杰给他递上第一个气球。哈尔把大约一打的鱼穿在一块儿,把绳子系牢在气球上。接着,他把气球嘴套在气瓶上,打开阀门。

气球马上膨胀起来,一股劲儿往上冲,哈尔再也抓不住它

10 闻所未闻的捕鱼法

了。它拖着重载往上升。

哈尔钻回吉普。"给船长打个电话,"他说,"再给我递个气球。"

第二批鱼跟着第二个气球升上去,最后一批也跟着第三个气球上去了。两个孩子总共捕到了好几百条鲯鱼、马鲛、刺鲅、军曹鱼、巨鲻、鲯鳅和长鳍金枪,全都是优质食用鱼。

话筒里传来特得船长抱怨的声音,"你们简直要把人逼疯,我们拿这些鱼怎么办呢?"

"把它们送罐头厂去呀,"哈尔说,"他们知道该拿它们怎么办。"

凯恩斯城吃不了的,可以用火车运到澳大利亚的沿海城市,北至约克角,南至墨尔本。还可以把它们运往印度或者世界任何一个闹饥荒的地方。

这一大批鱼算不了什么,重要的是,他们开创了新的捕鱼法,这办法也许能使各地捕渔业的产量成百倍地增长。不过,得让各地的渔船船长都知道,新捕鱼法的试验已经成功。哈尔知道,狄克博士会不遗余力地去宣传的。他会给科技杂志和渔业刊物寄去他的报道。

那是狄克博士的事儿。两个孩子已经迫不及待地要动手干别的事儿了。

"现在,我们干什么呢?"罗杰问。

"哎呀!"眼睛看着在吉普附近翻滚扭动着的几条模样凶险的东西,哈尔说,"要是稍微干点儿危险的活儿你不介意的话,咱们就跟蛇玩玩儿去吧。"

75

11

海蛇

跟蛇玩儿？罗杰对这主意并不热心。

"看样子，它们不像玩耍的好伙伴，"他说，"不过，我想它们也不能把我怎么样。"

"真不知道你怎么会这样想，"哈尔说，"当然，海蛇有多种，一些海蛇见人总是躲避谦让。但大堡礁一带的海蛇就不那么胆小温和了。它们个儿大，外头那些海蛇看来就有3米多长，它们倒想咬你一口呢。据说，它们的祖先跟眼镜蛇和金环蛇的祖先是一样的。不管哪一种海蛇，毒性都相当于眼镜王蛇的50倍。"

"那你干吗还要跟它们开玩笑？"

"因为我们在这儿的最重要的任务之一是给研究所收集毒蛇。"

"研究所要毒蛇干什么？"

"提取蛇毒。他们用什么方法从蛇身上提取毒液，这你已经知道。取得蛇毒后，他们就用来制造抗蛇毒素去救治被蛇咬伤的人。他们也从海蛇、鱼、海蜇、海蚂蜂，以及许多别的海洋生物身上提取毒素，用来研制医治各种疾病的药物。据我所知，还从来没有人在大堡礁水域里收集过有毒生物。"

罗杰明白了。"你的意思我懂了，"他说，"咱们走吧。捕杀海蛇用什么方法呢？"

11 海蛇

"我们不杀它们,要活捉。如果弄死了,不等我们把海蛇送到研究所,毒液就坏了。"

罗杰凑上前去观察那些海蛇,"你说,它们的爷爷是眼镜蛇,我看,它们不大像眼镜蛇。看,它们的尾巴又宽又平。而且,它们怎么会是眼镜蛇的后代?眼镜蛇是陆地蛇呀。"

"这些也是陆地蛇,以前是。从前,它们曾在陆地上栖息。后来,由于某些原因,它们宁愿搬到大海里。"

"这你怎么知道的?"

"我们知道这一点是因为海蛇有肺,没有鳃。它们呼吸空气。虽然它们能长时间地待在水下,有时长达好几个钟头,但仍然是要浮上水面去呼吸。"

"但是,"罗杰提出疑问,"陆地蛇不长那样的宽尾巴,这点你怎么解释?"

"这点嘛,"哈尔说,"想想海豚吧,它们也曾在陆地上到处行走,但自从到了海里,它们的脚就逐渐演变成鳍,尾巴也逐渐变宽变平,使它们能在水里行动自如。海蛇的那些宽而平的尾巴就是有力的桨,它们使自己能在水里以惊人的速度游动。"

这时候,来了很多海蛇。一些蛇正匆匆忙忙地往吉普上扑,仿佛想把吉普里的那两团诱人的佳肴抢到口。它们的毒牙把玻璃撞得啪嚓啪嚓直响。

"你可想清楚喽,"哈尔说,"我看,你还是待在吉普里头吧。"

罗杰壮着胆说:"决不。你能冒这种险,我也能。"他已经告别了被全家当成娇宝贝的年代。就他的年龄来说,他的个头够高大了,而且几乎跟他哥哥一样结实。

"好吧,"哈尔不情愿地说,"不过,你会抓蛇吗?"

"当然会,抓它脑袋后头的那个地方。"

"而且要抓紧,不能松手,"哈尔补充道,"它们力气很大,会拼命扭动着要从你手里溜走,说不定还会咬你一口呢。"

"说教得够了,"罗杰说,"咱们动身吧。"

他们从舱口游到外面。海蛇四散游走,也许,它们从来没见过这种"海怪",有点儿害怕。但是,它们很好奇,也许,还很饿。它们能攻击大大小小的各种海洋生物,难道不敢惹这两只"海怪"?

它们张着嘴游来游去,飞快地伸缩着它们的叉状舌。它们那些空心的、充满毒液的牙齿不像某些蛇的牙那么平。它们像眼镜蛇的牙一样尖锐。

这些显然是几种不同类别的海蛇,它们挤成一团,蔚为壮观。有黄肚皮的、褐色底带黄环的、黄色底缀上黑圈儿的,还有一种蛇的皮色蓝得耀眼。两个孩子在父亲的动物园里已经见过很多蛇,他们对蛇的美有很高的鉴赏力。在非洲,他们还曾经捉过活蛇,只是从来没在海底下捉过。这些家伙在水底下到处溜,那么悠然自得;两个不曾在碧波下度过亿万年的男孩不禁自愧笨拙,处处不得要领。海蛇也算是两个男孩的亲戚呀!当然,是很疏远很疏远的亲戚。

海蛇成群结队地挤在两个孩子周围,用圆溜溜的眼睛盯着他们。它们的眼睛瞪起来怎么那么恐怖?罗杰的答案是,因为它们从不眨眼睛,它们没有眼睑。它们也没长耳孔,它们用舌头听,

11 海蛇

或者，倒不如说是用感觉。那一伸一缩的舌头看起来很危险，但罗杰知道，即使是毒蛇的舌头也是无害的。蛇通常用舌头探听声音，蛇舌跟鱼身上的那根长在侧线里的神经一样，对所有的声音都很敏感。

充分考察了这两只"怪物"之后，一条大蛇决定试试自己的运气。它一头撞过去，用毒牙咬住哈尔的游泳裤，往裤子上喷了一点儿毒液，然后，等着这只"大怪物"倒毙。它以为那裤子就是"大怪物"的皮，它的毒牙肯定已经把它咬穿了。而根据蛇类王国臣民们的全部常识，毒性这时应该开始向全身扩散，引起抽搐，接着，死亡就降临了。

看见事情的结果不像它预想的那样，海蛇当然非常惊讶。突然，它感到脑袋后面靠近喉咙的地方被什么卡住了，卡得它几乎窒息。

哈尔迅速地把海蛇从裤子上用力揪下来，塞进随身带来的一个塑料袋里，蛇猛烈地扭动着。

又冲过来3条蛇，也都被哈尔一一装进了塑料袋。罗杰那边还一直没有蛇光顾。

正在这时，罗杰发觉自己的右腿动弹不了，可能是被咬了却没有感觉。他吓得全身冰凉，他又试着挪动了一下腿。毫无疑问，他被咬了，他的腿已经麻木。麻木感会迅速扩散，很快，他会连一块肌肉都动弹不了，然后，可怕的剧痛就开始了。

现在，虽然右腿动不了，他还能用左腿游动。过一会儿，左腿也会背弃他的。他开始后悔自己刚才太自以为是，他本应听从哥哥的劝告留在吉普里的。

他把手伸下去抓右腿，出乎意料的是，他感觉到了手指的压力，这么说，这条腿并没麻木。那么，它出了什么问题呢？被海草缠住了吗？

想透过面罩眼观六路可不容易，但他终于看到了下头的脚，找到了腿麻木的原因。

一条长约2.7米的蛇咬住他的鸭脚板，毒牙嵌在橡胶里。

罗杰想使劲儿把蛇蹬掉，但这条蛇很大，光凭它的重量就足以使腿变僵。他用另一只鸭脚板狠狠拍打那位不受欢迎的客人，接着，又想用鸭脚板刮掉它。海蛇咬住不放，就像残酷无情的死神。

他伸手下去抓住蛇颈使劲拽，海蛇被拽开了，但鸭脚板却被咬掉了一块。

海蛇使劲儿蹦跶，罗杰几乎抓不牢它。哈尔把一切都看在眼里，他带着口袋游过去，可是，还没等他游到弟弟那儿，蛇已经紧紧地缠住了罗杰的胳臂。幸好，海蛇不是巨蟒、水蟒或大蟒，没有把它的牺牲品缠卷至死的习性。干杀人勾当，它靠的是毒牙。

罗杰试着用另一只手把海蛇扯掉，这时，哈尔也到了，帮着一起扯。两个孩子使尽了全身的力气拽这盘黑黄相间的蛇卷。海蛇终于松开了，罗杰把它塞进那个塑料袋。

但是，当他卡住蛇颈的手松开时，蛇头扭动了一下，一只毒牙从他的手腕上擦过。

只不过蹭了一下，罗杰根本没在意。总算把这条害人虫平平安安地塞进了口袋，他大大地松了一口气。

11 海蛇

哈尔用手按住罗杰的胳膊,拖着他钻进吉普。

"让我看看。"哈尔说。

"没事儿。"罗杰说。

"有事儿没事儿我都得看看。"

"只不过擦了一下,瞧吧。"

一滴血从擦痕里渗出来。

哈尔揩掉血,用嘴对着那轻微擦伤的地方用力吸,然后把吸出来的东西吐掉。他吸了一次又一次,脸都憋青了。

"你这是多余的。"罗杰说。

"那可说不准,"哈尔说,"渗进你体内的蛇毒不多,还不足以让你丧命,但很可能会使你感到非常难受。我们要是能有点儿抗蛇毒血清就好了。不过,这种蛇毒的抗血清还没研制出来呢。"

"我还以为你有呢。"

"我的抗血清是治陆地蛇毒的,治不了海蛇毒。要是你等我们把这些海蛇送到研究所,再带回一点儿海蛇毒抗血清后再给它咬着就好了……唉,你也太着急了。"

哈尔的话听起来像开玩笑,但他心里焦急万分。在罗杰手腕上擦痕的上方,他已经紧紧地扎上了一根绳子当止血带。每隔半小时,他就得把止血带放松一下。"口对手"的治疗也在继续进行。

"我没什么,"罗杰说,"只不过腿脚有点儿不灵便。"

哈尔担心地望着弟弟,"这正是开始中毒的征兆。"他说。

"不是手不灵便,是腿。"

"开始就是那样的,"哈尔说,"很有意思,伤口在手上,蛇毒却使腿变僵。这是怎么回事儿呢?过一会儿,僵硬感会慢慢地自下而上向全身扩散。"

"也许，我最好活动活动双腿使它们保持柔软。"

"别动，乖乖地躺着。我看，我还是把你送回屋去，让你躺床上。"

"不用什么床，你这是在小题大做。"

但是，哈尔已经坐上驾驶台，开足马力，让吉普飞快地驶往城里。到家后，他帮着罗杰脱掉衣服躺到床上。

这时，僵硬感已经传上脖子，又继续传到上下颌，这会使牙关紧闭。罗杰说话已经很困难，他说他几乎不能吞咽，但他必须咽点儿什么，他渴得难受，喉咙干得冒火。

哈尔给他把了把脉，脉搏不快，但很微弱，很不均匀。

毒性蔓延到眼部，瞳孔扩大，眼睑往下耷拉。

接着，疼痛开始了。罗杰的手臂和腿上的肌肉在抽搐跳动。他觉得身上的每一根神经仿佛都在跳动，从头顶到脚趾，全身都在一阵阵痛苦地痉挛。哈尔感到病人的皮肤冰冷、黏糊糊的，于是，又给他盖上一床毯子。

后来的一个钟头简直是受刑。在痉挛中，中毒的身体似乎在被肢解。罗杰从来没受过这种罪，他想尖声叫喊，但男子汉是不应该喊痛的，所以，他拼命克制自己，嘴唇都咬出血来了。他觉得似乎有头大象蹲在自己胸口上，压得他几乎透不过气儿来。

痉挛突然停止，他晕了过去。

哈尔焦虑地用指尖按着弟弟的脉搏，脉搏摸不着了。

过了好久，他才感到一点儿微弱的悸动，接着，是非常虚弱的若有若无的跳动。有时，脉搏会停止整整10秒，然后，又重

11 海蛇

新跳动。

最后,这孩子总算从昏迷状态转入正常的睡眠,心跳也稍微变强了。这小伙子是条硬汉,他绝不会轻易死掉的。哈尔一直守着他,彻夜不眠。

他打算放弃,不想再找什么蛇毒了。原先,他觉得这主意似乎不赖,现在,他讨厌这个主意了。是的,蛇毒确实该找,可干吗不让别人去干呢?

第二天早上,罗杰醒得很晚。他睁开眼,瞳孔已经恢复正常,眼睑也不再往下耷拉了。他静静地躺着,昨日的痛苦已经无影无踪。

"你这可怜的蠢家伙,"他说,"你在这儿坐了多久了?"

"刚坐一会儿,"哈尔说,"你觉得怎么样?"

"挺好,只想马上出去。"

他掀开被子,坐起来,开始穿衣服。

"你还是安静点儿吧,行吗?"

"我怎么啦?"罗杰说,"恐怕已经浪费不少时间了。我们有那么多的事儿要干,而我却躺了大半天。"

"没什么要干的。"哈尔说。

"你的蛇毒呢?"罗杰问。

哈尔说:"那事儿我们不干了。咱们找点儿别的事儿干吧。"

罗杰责备说:"听着,大哥哥,你不用娇惯我。你不是那种半途而废的懦夫,我也不是。告诉你吧,我没事儿。我敢打赌,你还没吃早饭,我也饿了。咱们来顿快餐,就去看我们那些小毒蛇乖乖吧。"

12

漂荡的死神

于是,他们又出去了,惹祸去了。

要说祸害,海底下可真不少。有多少美,就有多少祸害。海里有成千上万像扁鲛和角镰鱼那样可爱而又无害的天使,也有数以百计的模样丑陋、行为凶狠的家伙。

还有一些动物既漂亮又凶狠。

兄弟俩碰上的第一种就是海洋里最漂亮的生物——蓑鲉,它身上密密地长满绚丽的羽毛,像印第安首领头饰上的羽毛一样鲜艳夺目。

"这只鸟真是美极了!"罗杰叹道。

"是呀,"哥哥说,"也像孔雀。但是,在那精美的羽毛底下却藏着饱含毒液的刺,特别是在鱼背靠近尾部那儿。"

"干吗长在靠近尾巴那儿?依我看,毒刺应该长在用来进攻的那一头。"

"尾巴就是用来进攻的那头。这种安排再巧妙不过了。别的鱼都以为危险应该来自头部,这坏蛋就能使它们猝不及防。一发现猎物,它就游过去,赶到猎物的前面。被追猎的鱼并不知道它不怀好意,丝毫不存戒心。这时,蓑鲉突然朝后猛退,用尾部的背鳍棘刺那条鱼,鱼立刻中毒死亡。蓑鲉呢,就可以慢慢地享用了。"

12　漂荡的死神

"它为什么叫作狮子鱼[①]呢?"

"因为人们觉得它那一身羽毛状的棘看起来很像狮子的鬃毛。我去把它抓来。"

"让我去。"罗杰说。

哥哥还没来得及阻拦,他已经匆匆抓起他的袋子溜出吉普。

蓑鲉马上对他发生了兴趣,它游过去,用它那双大眼睛把他仔细打量了一番,然后,装出还有别的事情要干的样子,游过他身旁。它停下来,悬浮着,突然往后疾退,迅猛得像一道闪电。

说时迟,那时快,罗杰赶紧闪过一边,对着蓑鲉张开手中的口袋。蓑鲉倒退着,尾前头后地冲了进去。罗杰把口袋一抖,拧紧袋口,把袋子系在吉普的一根喷气管上,自己钻回吉普。整个过程还不到两分钟。

哈尔恭喜他,"好干净利落,那边来了只螯刺水母。这回该看我的了。"

"那只不过是只海蜇罢了,它也有毒吗?"

"我想,大概有毒。在澳大利亚沿岸,螯刺水母毒死过很多人。有些科学家说它是已知海洋动物之中最毒的一种。一个12岁的小男孩在达尔文港附近游泳,面前突然出现一只螯刺水母。他以为它不会伤人,用手把它拨到一边。7分钟后,他死了。另一位游泳者碰了螯刺水母以后,3分钟就咽了气。人们把他从水里拉出来时,那螯刺水母还紧紧地粘在他的尸体上。他们把它扯下来,结果粘着的皮也一起被扯掉了。对海蜇可得万分小心,虽

[①] 狮子鱼:"蓑鲉"一词在英语中是由狮子和鱼两词合成。——译者注

说大多数海蜇不伤人,顶多有时使皮肤发痒,但有几种海蜇却是货真价实的杀人凶手。如果你不会识别哪些是坏家伙,还是远远地躲开所有的海蜇为妙。"

螯刺水母哪儿也不去。它用不着到处跑,只需等着,直等到有东西掠过它的触须。

一条跟螯刺水母一样大的鱼游逛到那些螯刺当中,一眨眼就送了命。然后,只见螯刺水母奇迹般地鼓起肚皮,把鱼裹在肚皮的褶襞当中,整个儿吸进肚里。它舒展开身体来容纳这顿美餐,看上去比原先大了一倍。鱼渐渐被消化掉,它的身体又恢复原先的大小。

哈尔出去时,螯刺水母一点儿游走的意思也没有。它的身子软绵绵的,哈尔没费什么手脚,就把它给舀起来了。于是,吉普上又多绑上了一只口袋。

"要是一切都像这样顺当就好了。"回到吉普后,哈尔说。

在礁石上一块凸出的地方,罗杰发现了一只漂亮的贝壳。他立刻跳出去,但被哈尔抓住头发拽进吉普,使他吃了一惊。

"你这是干吗呀?"他问。

"在你去抓那只贝壳之前,我得先给你介绍它的情况。这是一只芋螺。"

"用不着你给我讲芋螺,这玩意儿我捡得多啦。"

"你捡的可不是这一种。芋螺有400多个种类,有6种很毒,这就是其中一种。"

"可是,它这么小,对人不可能有什么危害。"

"有危害——这是危害最大的芋螺之一。它叫石纹芋螺,因

12 漂荡的死神

为它的样子很像有花纹的大理石。去把它抓回来吧，不过，要抓它大的那头。小的那头开着口，那里头有一只小小的黑家伙，长着鱼叉状的螯刺，随时会刺那些碰它的东西。"

"那根螯刺肯定很细，"罗杰说，"哪能伤着人呢？"

"这根刺与一个装满致命毒液的毒囊相连。一丁点儿毒液就能置人于死地。"

"你言过其实了吧？"

"一点儿也不。退潮时那片珊瑚礁会露出水面。曾经有一个澳大利亚男孩在礁顶散步，他捡了一个这样的芋螺，抓在手心里。那家伙往他的手指上刺了一下，毒性迅速发作，3分钟后，他死了。好啦，去吧，不过记住抓大的那头。"

罗杰离开吉普到礁石那儿去。看样子，那芋螺毫无害人之意。它还不到4厘米长，大的那一头是密封的，小的那头是它的大门口。那是一个很小的孔，小得跟针眼儿差不多，罗杰没办法看到孔里头去。

他拿出小刀拍了拍芋螺，一根黑针模样的东西马上从洞里伸出来，发现没什么可刺杀的，又缩回螺壳里。

罗杰抓住大头把芋螺捡起来，小心翼翼地拿着，游回吉普。

"要有根牙签就好了。"哈尔说。

"要牙签干什么？"

"把那个孔塞起来呀。那东西离开水自然会死，但那得好几个小时。在这几个小时内，身边放着这么个东西是很危险的。手脚随时都可能碰着它，那时候可就'拜拜'啦。到家以后，我们得用牙签、香口胶或者手头有的什么东西把那孔塞起来。研究所弄到这玩意儿会很高兴。它的一滴毒液比一条陆地大蛇的一滴毒液毒性大得多。用它还能制成多种药物。"

"我还是想不通,"罗杰说,"这些会毒死人的东西怎么能变成给人治病的药。"

哈尔很赞成,"我们犯不着不懂装懂,连研究所的工作人员都还没弄懂呢。但这些毒液确实能治病,正如灵香猫射出来的那些难闻的东西能制造香水,垃圾可以用来制肥皂一样。也许,世界上就没有一样东西会只有坏的一面。"

他们继续搜寻那些既好又坏的海洋生物,要找到它们倒也不难。大堡礁礁面一带汇集着品种如此众多的海洋生物,这样的地方,世界上恐怕再没有第二个了。

他们的收藏里又增加了一条短角杜文鱼。

"伙计,它真难看,"罗杰说,"就像噩梦里的妖怪。"

"难看是难看,但可以吃,"哈尔说,"法国人发现它味道鲜美,用它烹制出一道很有名的法国汤。"

"它的螫刺长在哪儿?"罗杰观察着他们逮到的标本问。

"长在一个很奇怪的地方,在底下。短角杜文鱼既不从前头也不从后头袭击去刺死它的受害者,它自上而下落到它们身上,使它们防不胜防。"

"海洋里到处都有令人惊异的事物。"罗杰说。

"我也是这么认为。"哈尔表示赞成。

收藏又增加了一条石鱼。石鱼模样丑陋,人称"讨人嫌"。它又叫"伺机者",因为它从早到晚不动弹,只是卧在海底,伺机袭击那些误踩住它的人。它的颜色跟海底的颜色差不多,而且

12　漂荡的死神

经常有一半掩埋在泥沙里。蹚水和游泳的人一不小心就会踩住它，这时，竖在它那长疣子的背上的毒刺就会把人的脚扎伤。这些毒刺一戳到那些爱贴着海底觅食的鱼就会弯下去，把猎物塞进自己的那张巨口，这样，觅食的鱼反而成了石鱼的口中食。

两个孩子没有误踩在石鱼身上，出岔子的是一只螃蟹。它从那"伺机者"身上爬过，结果被毒刺扎着，当场就被吃下去了。

虽说它不动弹，想抓住它却十分棘手。不能抓它那长毒刺的背，哈尔想揪着尾巴把它捡起来，它却紧贴住身下的石头。

罗杰把吉普开到它的铁爪刚好能夹住石鱼的位置，然后开倒车把那玩意儿揪下来。哈尔在那位俘虏下面张开口袋，罗杰一松铁爪，"讨人嫌"落入袋中。

孩子们深深地松了口气儿。"总算过去了，真是万幸，"哈尔说，"只要被那些毒刺轻轻扎一下，不死也得精神错乱，然后，一辈子精神恍惚，像个疯子似的度过余生。这就是造成南海诸岛上众多精神病患者的罪魁祸首。"

吉普停在离礁石不到60厘米的地方，透过它的玻璃车壁，可以看见这座珊瑚礁的建设者们在干活。有人以为，要看清这些叫作珊瑚虫的微小的珊瑚动物一定得用显微镜，其实并非总是如此。珊瑚虫有大有小，有些比针头大不了多少，有些的直径几乎有一厘米多。当它们把那些鲜花瓣儿似的触须完全舒张开的时候，人们就能看清，每条珊瑚虫都卧在一个由它自己的身体分泌出来的石灰质形成的杯子里。

乍一听，珊瑚虫这玩意儿似乎应该是肉质的，再不就是植物。实际上，它是一种结构巧妙、十分能干的动物。它会收集食物，会给自己盖房子，会毒死不受欢迎的来访者。它们筑起了一座比华盛顿纪念碑宏伟得多的纪念碑——大堡礁。

孩子们正置身于一个海底世界。他们俯视着的是一片梦幻般的森林。想想看，一棵6米多高的树独独长着一片6米多宽的叶子。这种树，还有成百种像它这样的树都是小珊瑚虫建造起来的。在那片巨型叶子的浓荫下，成百上千条色彩绚丽的小鱼游来游去，像翩翩飞舞的彩蝶。

还有一种树看起来像榕树，长着成百个树枝，树上长满茂密的珊瑚叶子。潜水员在树枝之间考察这座海底迷宫时很容易迷失方向。

大洋底下的这一部分不像海底，倒像从飞机上望下去看到的一片梦幻般的树林——一片长着大大小小的树木的丛林。透过怪异神秘的枝权，俯瞰那些蓝的、紫的峡谷是多么令人激动啊！峡谷里，小鱼像细碎的色斑在枝蔓间闪烁跳跃，而大一点儿的鱼则缓慢庄重地挨着海底漫游。

珊瑚树叶子的颜色十分娇嫩，似乎一碰就碎。但是，当吉普撞在这样一片叶子上时，却发现它像石头一样坚硬，这时的感觉真是古怪极了。

"海底世界"里的一切并不都是那么美。在一棵珊瑚树的枝权上卧着一个模样可怕的东西，哈尔认得那是海蜈蚣。它的样子就像陆地蜈蚣一样讨厌，讨厌得连爱动物的人都不会喜欢它。它可能有成百条腿——孩子们没数过，但最吓人的还是它的体形。在陆地上看到的蜈蚣可能只有六七厘米长，而它们的这条海底亲戚却足有60厘米。它的旁边，还有一条海蜈蚣在蠕动。

12　漂荡的死神

"我看,我们两条都得要,"哈尔说,"一条送往研究所,另一条吃掉。"

罗杰恶心得脸都皱起来了,说:"谁吃那玩意儿呀?"

"你和我吃,"哈尔说,"而且,马上就吃。你会喜欢的。味道比龙虾还鲜美呢。它叫瓦罗,波利尼西亚人很爱吃它,他们甚至给儿子起名叫瓦罗。这样,一看见儿子,他们就会想起美味的海蜈蚣了。"

"给研究所的那条有什么用呢?"

"它的每只脚爪都充满毒液。海蜈蚣甚至能抓住大鱼,把爪子抠进鱼肉里,放出毒液使鱼麻痹,然后把它吃掉。"

这一回,吉普的铁爪又派上用场了。它抓住一条海蜈蚣,把它紧紧抓在珊瑚枝上的成百只脚爪扯下来,扔进口袋。这一次,口袋是罗杰撑开的。另一条海蜈蚣也是这样落入口袋,跟第一条海蜈蚣做伴去了。

"烧海蜈蚣吃时,一定得非常小心,"哈尔说,"那些脚爪快得像剪子,爪子里的毒液会使伤口红肿化脓,好几个星期才能好。"

"妙极了,"罗杰说,"我想,我还是把烧海蜈蚣的美差让给你吧,还有吃的差事。"

"你真慷慨啊!"哈尔说。

罗杰摆摆手,"别客气,谁叫咱们是亲兄弟呢!"

捕猎毒物活动的高潮是追猎"漂荡的死神",一些澳大利亚人就是这么叫的。在别的地方,人们管它叫"僧帽水母"。

孩子们首先看见海水变成淡蓝色,接着,他们发现这蓝色来自从水面垂下来的几十条触须。长着这些触须的那个家伙,像一艘鲜艳的蓝色船。那些触须至少有9米长。

"要是能抓住它,"哈尔说,"那就是这一天最大的收获了。那些触须含有大量毒液,而且,信不信由你,它们还装着电池。上头那个模样像船的东西实际上是一个装满气体的大蓝口袋。"

"它好像要走了。"罗杰说。

"挂上慢挡跟着它。它的蓝口袋顶上有张帆,风吹动着它。"

"那些触须不至于毒成那样吧,"罗杰说,"我看见一些蓝黑色的小鱼在它们中间游呢。"

哈尔说:"那种小鱼是僧帽水母的好朋友。它利用它们作诱饵。别的鱼看见它们在那些触须中游玩,以为它们无毒,很容易上当。它们跟着那些小家伙冲进去,被那些触须缠住,既挨电击又遭毒害,然后,便统统被扫进僧帽水母贪婪的口中。"

罗杰被哥哥搞糊涂了,"我真想不出来,你打算怎么抓它。要是,它在我们的'飞云号'附近,船长会设圈套捕住它并把它拖上船。但是,风已经把它从'飞云号'那边吹开了相当一段距离,我们跟着它,也远离了我们的船。还有,它张开以后那么宽,乱七八糟的一团。还有那些长触须!我觉得,我们还是另外找一种好逮的东西吧。"

"我们就是要逮这玩意儿,"哈尔说,"但这活儿得咱俩一起干,一个人拿着绳卷,另一个人抓着绳头,用绳把触须一束一束捆起来。然后,'酒瓶先生'就能把它拖到'飞云号'那儿。"

"我敢打赌,事情绝不像你说的那么简单。"罗杰嘴上这么说,但他还是拿起了一卷绳。于是,两位冒险家都离开了吉普,

12 漂荡的死神

朝那堆危险的、在水里晃晃荡荡的蓝触须游去。罗杰抓着绳卷儿，哈尔则用绳子把那堆乱麻似的触须一束一束地绑紧。

这一切都干得挺顺当。像往常一样，忠实的"酒瓶先生"正待在跟前听命。哈尔把空着的那个绳头交给它，"酒瓶先生"马上懂得了他的意思。

它朝着"飞云号"游去。可是，即使是海豚也会出差错。因为执行任务的愿望过于迫切，匆忙之中，它把那些痉挛着的触须从哈尔身上直拖过去。

触须马上卷起来裹住这位博物学家的背和胸。哈尔遭到一连串快速的电击，他心里明白，成千上万的小刺正在把毒液注入他体内。他拼命挣扎，却被越裹越紧。

罗杰壮着胆子游过去，冒着自己也被蜇的危险，抓住哈尔的脚，想用力把他拉出来。这办法却不行。

该怎么办呢？他以最快的速度游回吉普，开足马力，把吉普开到哈尔那儿，用它的铁爪抓住哈尔的胳膊，然后，开倒车拉。

这么一来，海豚往一个方向拉，铁爪却往相反的方向拉。哈尔觉得自己马上就要被拉成两半了。但是，功率强大的发动机终于把他从死亡的绳索下解救出来。拉扯的当儿，触须末端断了，扎在哈尔的皮肉上，它们的刺施放出更多的毒液注入了哈尔的肌肤。

开头，疼痛难忍；这会儿，疼痛消失了，这不是好征兆。哈尔知道，这意味着他正在被麻痹，麻痹会使他神经麻木以致失去知觉。

他几乎无力游回吉普。罗杰好不容易把他拽了进去，他喃喃

12 漂荡的死神

地说,"打电话让船长等着'酒瓶先生'。"

罗杰照办了。

"现在,"哈尔说,"把这些东西给我弄掉。"

罗杰套上橡皮手套,试着把那些蓝色的毒丝拔掉。毒丝深深地扎在肉里,怎么也拔不下来。"弄不掉。"他说。

"你一定得弄掉。不弄掉我会死的。用你的刀把它们剜下来。"

这活儿不对罗杰的胃口,但他还是动手干了。他把数以百计长着倒刺的小钩子从皮肤上拔掉。

哈尔头晕目眩,恶心呕吐,脑袋开始糊涂,眼神呆滞,牙关紧闭。他的胸脯越绷越紧,硬邦邦的像一块木板。这意味着他的肺部在逐渐麻木。他艰难地喘着气。

"我还能帮你干点儿什么呢?"罗杰一筹莫展地说。

"什么也不用干了,把我送回家去吧。"

总算到家了。罗杰把他从吉普里弄出来,送进屋里。他躺在地板上,罗杰用海绵把血揩掉,涂上抗菌药。他用毛巾把哥哥裹起来,帮助他挣扎地上了床。

病人的神志还清醒,但呼吸非常困难,他恐怕自己会窒息。

"准备好,"他艰难地吐出一句含糊的话,"给我做人工呼吸。"

罗杰·亨特大夫已经智穷计尽。他的医学知识太贫乏,他痛感自己的无知。哥哥在发烧,他在他的额头上敷上块湿布。

如果哥哥死了,他可怎么办呢?他知道,死亡是完全可能的。他想起一则关于一个澳大利亚男孩的新闻报道。这男孩遭到僧帽水母的袭击，好不容易挣脱了身子，游到四五十米远的海岸，然后，就倒下来死了。在澳大利亚的基星岬浴场，一个被僧帽水母蜇伤的14岁女孩挣扎着到了医院，抢救了一天，终于无效。光是那电击已经够厉害了，好像被缠裹在高压电线里，就更不用说毒液了。

电话铃响了，是船长。他说，"'酒瓶先生'拖着僧帽水母已经来到船边，我该拿它怎么处置？"

"用摇臂吊杆把它吊上船去，"罗杰说，"让它单独占一个池子。"

"可是，它的那些触须垂下来足有9米多，"船长提出异议，"而我的池子只有3米多深。"

"没法子，"罗杰说，"只好让它的触须伸到池子外面的甲板上了。"

"那不是僧帽水母的自然姿态，它会觉得不舒服。"

"它舒不舒服我可不在乎，"罗杰喊道，"它几乎把我哥哥弄死！"他把事情告诉了船长。

"真糟糕，"船长说，"你给他抹剃须膏了吗？"

"剃须膏！"罗杰大发雷霆，"你怎么还有心思开玩笑！"

"不是开玩笑。剃须膏是治僧帽水母蜇伤的偏方。"

"好吧，我来给他抹上试试，"罗杰满腹狐疑地问，"不过，你说我是不是最好把他送医院去？"

"不，不能搬动他。医院可能干的你都干了——只差抹剃须膏。说实在的，我觉得你这个医生蛮不错。赶快抹上剃须膏吧，然后，就让他尽量保持安静。他能挺过来的。"

12 漂荡的死神

罗杰找到剃须膏，整截儿整截儿地挤出来，把每个伤口都抹上。

他只能希望船长说的不是外行话。他应该是在行的，他在沿海这一带生活了一辈子，而僧帽水母是这一带出了名的害人精。

卡格斯进屋了，"你哥哥怎么啦？"

"跟一只僧帽水母缠一块儿了。"罗杰说。

"啊，这，真糟糕，不是吗？"不知怎么的，罗杰觉得卡格斯不是真难过，他的眼睛在闪烁，似乎是在幸灾乐祸。

"我来替你照料他，他需要活动活动。"

哈尔闭着眼睛。他没失去知觉，也没睡着，船长说过他不能动。

卡格斯朝床边走去。

"别碰他。"罗杰说。

卡格斯装作吃了一惊，"啊，我的孩子，你用不着教我该干什么。记住，我年纪比你大一点儿，也许，会更聪明一些。我们应该喊醒他，让他活动活动。"

"别碰他，"罗杰气愤地说，"你碰他我就敲掉你的脑袋！"

卡格斯瞪大了眼睛，"哎哟，真放肆！"说完，他又使出了油滑讨好的招数，"我不得不原谅你的无礼。你准是心烦意乱，这我理解。"说着，他又往床那边走。

哈尔突然睁开眼坐起来，麻痹感消失了，他只觉得身体还有一点儿发僵。他几乎要放声歌唱，能活下来，他实在高兴。他胸前背后到处都痛，好像被烧伤一样。但他已经能呼吸能动弹了。看见卡格斯，他说："感谢你所做的一切。不管你干了什么，都

97

干得正是时候。我好啦!"

卡格斯笑了,"我很高兴我来得正是时候。现在,我相信你会好起来的。"他回他屋里去了。

"哼,厚颜无耻!"罗杰骂道。看见哥哥的康复他太高兴了,他懒得告诉他,卡格斯其实什么也没干。

13

奥斯卡·罗契

哈尔在向狄克博士汇报。

"我的一些试验效果不错,"他说,"但有一些却不成功。我们试验了水下捕鱼。我们那条长着酒瓶鼻子的海豚,我们管它叫'酒瓶先生',很快就学会了在我们和我们的轮船'飞云号'之间跑腿。我弟弟跟一条杀人鲸交上了朋友,海豚拖不动的东西就由杀人鲸拖到上头去。后来,又来了一些海豚。我们现在已经有了一支拥有 20 只海豚的队伍。我相信,我们能够把它们训练成守卫畜牧场、渔场、牡蛎养殖场、龙虾场以及我们计划中的这样或那样的海底牧场的牛仔。"

"要是你们能做到这点,"狄克博士说,"那就等于往前迈进了一大步。在这以前,已经有人试验使用个别的海豚,但就我所知,从未有人试验过使用成队的海豚。"

"嗯,"哈尔说,"我们也可能会失败,比如我们的电击捕鱼试验。"

"电击捕鱼?怎么回事?"

"不是什么新发明,"哈尔答道,"正如你已经知道的,为了捕杀鲸而又不致使它们痛苦,捕鲸者使用电渔叉已经好几年了。当然,他们是在海面上这样干。鲸到水面上去呼吸,可大鱼一般不会到水面上去,所以电渔叉对它们没有威胁。然而,如果你能下到它们所在的地方，就可以使用电渔叉了。我们试过，失败了。很对不起，我们本该知道这试验不会有结果，可我们却浪费了这么多时间做试验。"

"试验为什么不奏效呢？"

"跟大鱼面对面时，是可以用电击。但我们可能得等半小时甚至一个小时才会有一条大家伙碰巧游到跟前。这并不比渔船用渔钩、渔丝或渔网捕鱼好多少。所以，我们又用激光做试验。"

狄克博士显得有点儿担心，"一台激光机的价格高达5000美元至10000美元。我们是否拿得出这样一笔费用，我可不敢担保。"

"已经发明了一种新型的激光机，"哈尔说，"买一台只需要花50美元。这笔费用已经由约翰·亨特父子公司支付了，因为干我们自己的活儿也用得着。"

"但你们是怎么样用激光捕鱼的呢？"

"一种咔嗒声随着激光束被同时发出，当激光束撞击在大鱼一类的大家伙身上时，由于好奇，大鱼会过来看咔嗒声是由什么东西发出的。它一靠近，我们就用电击把它结果了。用这种方法，我们在半小时内捕到的鱼比渔民在水面上忙活一整天甚至一整个星期所捕到的鱼还要多。"

"好极了，"狄克博士笑着说，"那种价格的激光机一般人家都买得起。但是，假如船上没有电渔叉装置，又没有经过训练的海豚或杀人鲸把鱼拖上去，怎么办呢？"

哈尔钦佩狄克博士思维的敏捷，"问得好。因此，我们试验单用激光，不用电的装置，也不用鱼当差役。我们用低功率激光

13 奥斯卡·罗契

把鱼引来，等它们一靠近，就把激光机拨向高功率挡，把它们干掉。然后，我们就用气球代替海豚或鲸把它们送上去。"

狄克博士笑容满面。"真是足智多谋啊！"他说，"你们还有什么别的魔法？"

"实在算不上魔法，"哈尔谦虚地说，"我们还顺便捡了些毒物送给那些用它们研制药物的研究所。"

"你是说有毒的鱼吗？"

"对，比如海蛇、蓑鲉、海锯鲉、芋螺、螯刺水母、石鱼、海蜈蚣，还有僧帽水母，等等。"

"这活儿挺危险，不是吗？"

"不算太糟。"哈尔说。他认为没有必要告诉狄克博士，他和罗杰都险些送了命。

另一间屋的门洞里突然伸出个头来，接着，一个年轻人的整个身子钻了出来。他浑身水淋淋地站在那儿环视整间屋子，最后，目光落在书房里的两个人身上。

他取下蒙在嘴上的水中呼吸器的口罩说："狄克博士在吗？"

"我就是狄克博士。"博士说。

"可以跟你谈谈吗？"

"请进来吧。"

哈尔不喜欢这张脸，两只眼睛靠得很近，眼神狡黠，躲躲闪闪，面颊瘦削而松弛，嘴角难看地向下弯曲。

"我叫奥斯卡·罗契，"他说，"我来这儿是想看看能不能找份工作。"

"你是干什么的？"

"博物学家。"罗契说。

狄克博士站起身来跟他握手,"认识一下吧,这位是我们的现任博物学家,哈尔·亨特。"他说。

哈尔跟他握了握手,说:"认识你很荣幸。"

罗契板着脸,一声不吭。

"你们如果不介意,先生们,"哈尔说,"我该走了。"

他走后,罗契说:"这么说,你已经有一位博物学家了。看来,我这趟是白跑了。"

"对不起,"狄克博士说,"但这工作已经有人干了,而且干得很称职。"接着,他给罗契介绍了哈尔的一些试验。

"那么,我猜你们没有适合我的空缺了?"

"博物学家的空缺是没有了。但我可以给你找到另外的工作。你有品行能力的介绍信吗?"

这问题显然使罗契慌了神,他红着脸说:"我没带介绍信。"他实话实说。

"你干过其他工作,对吧?"

"干过很多工作。"

这回答在狄克博士听来并不怎么妙。要是一个人干过很多工作,那就意味着他什么工作也干不长。

"我可以给你安排一份活儿,"他说,"不过,得委屈你了。"

"什么活儿?"

"那边的一家酒店需要一个洗碟工。"

罗契沉下脸来,但他什么也没说。

"当然,"狄克博士继续说,"那只是暂时的。如果亨特由于什么原因而退出,按次序你将是接替他的职务的人选。"

"如果亨特退出,如果亨特退出……"狄克博士应该看得出罗契脑海里一直转着这个念头。

"我接受洗碟工的工作。"他说。

如果亨特退出……也许,能想办法帮他退出。

14

罗杰的恶作剧

他们从来没见过这么大的鲨鱼。

它先是像一片乌云似的在吉普上面掠过,然后,转身沉下来,凑上前打量这个奇怪的玻璃玩意儿。它身长足有15米,张开的嘴巴几乎有2米宽。

"这是一条鲸鲨,"哈尔兴奋地说,"世界上最大的鲨鱼。从鱼皮上的白点可以认出它来。还有,这呱呱的叫声,听见了吗?"

这只庞然大物的呱呱叫声可以听得很清楚。

"这是世上唯一会讲话的鲨鱼。"哈尔说。

"看起来,它嘴里不像有牙齿。"罗杰说。

"是没有,它吃东西既不咬也不嚼,而是把食物吸进去。它张着大嘴到处游,碰上它的东西统统都落入那个大洞。它主要以浮游生物为食——就是海里的那些微生物。据认为,它不像大多数鲨鱼那样凶残。它甚至肯让人骑到它背上。人们都这么说,可我不愿意冒这种险。"

"我愿意!"那个好冒险的罗杰说。哈尔还没来得及阻拦他,他就溜出了吉普。那庞然大物还卧在那儿,显然对这个大玻璃泡很感兴趣。罗杰游到它身边。

好一条鲨中之鲸!怪不得人们管它叫鲸鲨。3头大象合在一块儿也没这条鱼大。

14 罗杰的恶作剧

罗杰碰了碰它粗硬的肚皮,它没发现他,他又鼓起勇气去搔它的下巴。看来,它喜欢挠痒痒。

他游到它的背上去,那背宽得像屋顶。他坐上去。这家伙不能叉开腿骑,得以土耳其式姿势侧着坐,就像坐在轮船的甲板上那样。

这艘"轮船"开始移动了,非常缓慢。它绕着吉普转,从不同角度观察它。看样子,它拿不定主意是不是要把它吞掉。最后,它显然放弃了这个打算,玻璃泡泡不是它爱吃的小菜。它又歇下来趴着看。

小小的海洋浮游生物小溪似的流进那家伙的嘴巴。显然,它嘴里长着很多吸管,就像吸尘器上的吸管一样。

罗杰绕着这张嘴巴游了一圈进行观察。它约莫有一个电话亭那么大,里头没长牙齿,这给罗杰一种安全感。他想,看样子,这只庞然大物有老张着嘴的习惯,既然如此,他干吗不更彻底地考察这个洞穴呢?

他感觉到这张嘴里的那股吸力,由着它把他带进嘴里。这种感觉非常新奇——坐在鱼嘴里头。这么看来,那个关于约拿待在巨鱼腹中的故事很可能是真的啰。约拿在大鱼的肚子里不呼吸是怎么活下来的呢?这至今还是个谜。可罗杰不存在这个问题,他能从水中呼吸器里吸气。他非常舒服,而且,只要他乐意,他随时可以离开这张敞开的大口,他就像待在一艘开着舱门的潜水艇里一样。

他看得见哈尔正在拼命打手势让他出去。可他干吗要马上出去?他正细细品味待在鱼嘴里的奇妙滋味,惬意极了。

105

可是，那张嘴巴开始闭拢了，罗杰大吃一惊，显然，那只巨兽觉得这一口食够大了。罗杰想趁着它的上下颌还没合拢的时候逃出鱼嘴，却来不及了。

嘴巴闭上后，鱼嘴里黑咕隆咚像个密封的口袋。不过，罗杰不害怕，哈尔说过，鲸鲨不像别的鲨鱼那么凶残。

但是，有个人吓坏了，这个人就是哈尔。他游到鲨鱼的头顶，用刀柄敲它的嘴巴——他还不如去敲一堵石墙呢。对那条鲨鱼来说，他的敲打跟爱抚差不多，它连尾巴都没摆一下。那尾鳍竖在鲨鱼尾部，像轮船的尾舵。

如果这条巨鲨游走了，而罗杰还被囚禁在它的嘴里，那可怎么办呢？等他把呼吸器气箱里的最后一口气吸完就会死的。

哈尔把刀刃扦进鱼嘴，想把鲨鱼的上下颌撬开。鱼嘴纹丝不动。

这时，罗杰的眼睛已经逐渐适应他的"牢房"里的黑暗。这里头毕竟不像口袋里那么黑，还能隐约看见一点儿微弱的光线。也许，这是巨鲨口腔组织的磷光，不，这不太像磷光，更像日光，不过很微弱。罗杰心里说，这很可能只是自己的幻觉，鱼的口腔里不可能有日光。

一想到哥哥焦急的样子，罗杰咧嘴笑了。他着什么急吗？没什么值得着急的。他，罗杰，坐在鱼嘴里，舒适温暖，就像一只臭虫藏在火炉边的地毯下面一样无忧无虑。

突然，气箱里的气用光了。这时，他可就不那么舒适了。他使劲儿吸气，可什么也吸不着。不过，不要紧，他还有备用气呢。他的手指往一个按钮上轻轻一按，打开了备用气。又能呼吸

14 罗杰的恶作剧

了,他松了口气。但他知道,备用气只能维持5分钟。

所以,他最好还是打开"门"游到外面。他试了试,"门"关得紧紧的。他用肩膀顶着鱼的上颌,用脚蹬着下颌,想使劲儿把鱼嘴撑开,结果,反而使自己的呼吸更急促。照这样下去,备用气维持不了5分钟了。

他只好坐下来另打主意。鱼嘴仍然紧闭着,但那微弱的光线还隐约可辨。他到处寻找光源。这光不是来自鲨鱼口腔的顶部,也不是嘴巴底下发出的,它似乎是由侧面射进鱼嘴里的。在鱼嘴两侧,罗杰发现一道道狭长的光束,排列得像牢房铁窗上的栅栏。是什么使光变成这种垂直的栅栏状呢?

他用手摸索着鱼嘴的两侧,摸到一些细长片,很像竖琴弦,或者,倒不如说更像橡皮筋,因为它们有弹性,每当手指把它们压到一边儿,就有更多光线透进鱼嘴,手指一放开,它们又闭拢了。看样子,大约有5片。

鱼鳃!这肯定是鱼鳃!鱼都有鳃,准得有,除非它们不呼吸。鳃是鱼从水里吸收氧气的生理机制的一部分。科学家们早已开始致力于为人类提供人造鳃的工作,这个问题解决了,人就能像鱼一样在水底下呼吸。也许,从现在起,10年、100年或者1000年以后,人类必将能够不依赖水下呼吸器在海底下呼吸、生活。

罗杰脑子里忽然产生一个疑问,这巨鱼为什么没把他吞掉?它那个巨大的胃也许装得下六七个像他这么大的孩子呢。这鱼可能已经吃饱了,留着他饿了再吃。要不,就是他不对鲸鲨的口味。鲸鲨很可能只爱吃虾子一类的细小动物或者那些到处浮游的生物有机体。不管是什么原因,罗杰都庆幸自己不受鲨鱼的欢迎。

他再次想到那些鱼鳃。他想起了一位著名的潜水员詹姆斯·达根的报告。达根认识帕老群岛上一位50多岁的本地人。这个人曾经被一条鲔鱼吞进嘴里,是钻鱼鳃逃生的。

虽说鲔鱼个头挺大,比起鲸鲨来还只能算小鱼。如果一个人能钻过鲔鱼鳃逃出鱼口,他就应该能够钻过这条巨鲨的鳃逃出去。他得试试,否则,过不了几分钟,他非死在这儿不可。

他拨开有弹性的鱼鳃,把头伸出去。他看见哥哥的一只脚,他正全身贴在鱼头上使劲儿撬鱼嘴。

即使死到临头,罗杰还是本性难移。他恶作剧地想作弄哥哥一下。说不定,在生命的最后3分钟,他还可以再开心开心。

他从橡皮筋似的鳃间挤出去,借着鲸鲨的遮挡,游回去爬进吉普。现在,水中呼吸器用不着了。他摘掉口罩,取下面具,深深地吸了一口气,咧开嘴满意地笑了。接着,他舒舒服服地坐下来看哥哥的表演。

哈尔已经拿了一把锤子出去,现在,正用它敲打那紧闭着的鱼嘴。看样子,那条巨鱼给敲得挺美,它似乎在摆尾巴,像狗一样。哈尔从一块暗礁上敲下一块石头一样硬的珊瑚,用来使劲儿刮鱼嘴边的皮。结果,那块珊瑚比鱼皮还遭罪。巨鲨砂纸般的盔甲把石头一样的珊瑚磨成了粉末,珊瑚碎屑阵雨似的纷纷扬扬飘下去。

他又采取比较温和的战术。他见过罗杰搔巨鲨的下巴颏儿,于是,他也这样干。巨鲨接受了哈尔的爱抚,但它的嘴巴却连道

14 罗杰的恶作剧

缝也没张开。

一群微生物从鲨鱼的鼻子尖漂过,巨鲨张开巨口,把那群小东西吸进去。哈尔可以清楚地看到那个巨大的洞穴的底部,那儿什么也没有。这鱼可能已经把罗杰囫囵吞下,连气箱等东西也一起吞下去了。

哈尔游到鱼底下,抓着刀子向那艘活潜艇发起了冲锋。哈尔想,弟弟可能死了,但死了他也得把他的尸体弄出来,体体面面地把他给埋了。不然,他的皮肉很快就会被鲸鲨的胃液消化掉,只剩下一架骨骼乘着这座活坟墓在海里漂流,什么都留不下来。

哈尔想过用激光杀死鲨鱼,但是,一束足以杀死这样一只庞然大物的激光肯定会连罗杰一起杀死——如果他还活着的话。很可能,他早就像一段木头似的毫无知觉了。

比起鲸鲨的其他部位,腹部的皮肤是最柔软的。但是,哈尔挥起结实的臂膀,使出全身力气用刀刺过去,鱼皮上却连抓痕都没留下。哈尔看到,他自己的刀子反而被碰钝了。

大鲨鱼厌烦了这无聊愚蠢的举动,使劲儿一甩巨尾,游走了。

哈尔游回吉普,准备开足马力去追那条巨鲨。如果必要,他决心一直追到太平洋尽头。他爬进吉普,一转身,看见罗杰正坐在那儿心安理得地嚼着一块饼干。

"你是怎么回来的?"哈尔盘问。

"噢,我在外头待够了,就回来了呗。你上哪儿去了?"

"别管我上哪儿去了。你等着,到了家再跟你算账。看我不把你的屁股打成两半!"

15

塌方

在两位年轻的博物学家看来,最离奇的活儿莫过于在水底下找水了。

狄克博士打电话把他们叫到他的办公室。"出事故了,"他说,"那家把咸水变成饮用淡水的工厂出了故障。要靠船运来足够的淡水供应这座城市是不可能的,因此,得请你们帮忙想个办法。"

"干吗要请我们?"哈尔问,"我们帮得上什么忙?"

"你们是食品问题专家,所以,我们选中了你们。你们已经成功地证明海洋能够为人类提供更多食品,比它以往所提供的要多得多。我们相信,你们一定能叫海洋为我们献上饮用淡水。"

哈尔哈哈大笑道:"你以为我们是魔术师吗?我们能够想办法向海洋索取更多的食品是因为海洋里头本来就有食物等我们去索取。可是,海洋里头没有淡水啊。"

"你这样想就错了,"狄克博士说,"海底里有些地方会有泉水涌出来,那就是淡水。潜水员曾经在夏威夷群岛发现一股水,水温比周围的水低 12 度。他们尝了尝,发现是淡水。那水从海底源源不断地涌出来,喝下去没有一点儿咸味。在地中海,马赛港附近的卡西斯城缺水。科学家们发现,在一道悬崖底下,一股清泉从海底涌上来。崖顶的雨水渗到海底,碰到一片坚硬的岩石

15 塌方

层，于是，被压上去，涌出海面。那儿的人用管道引水进城，从此，卡西斯城再也不缺水了。我们这儿也有一道悬崖，大堡礁的峭壁。这悬崖是由渗水的珊瑚构成的，落在崖顶的雨水必定会深深渗透到崖底。这雨水很可能会在崖底的某个地方涌上来。我建议你们勘探一下，看能不能找到这股水。"

哈尔兴奋得双眼发亮。"这主意妙极了，"他说，"这不仅能为海底城造福，而且能造福全世界。"

"领会得真快，"狄克博士说，"你很明白，如果世界许多干旱地区都能得到源源不断地从海底喷出来的甜水，这对那些地区意味着什么。就说这个地区吧，澳大利亚就是一个好例子。这片大陆大部分地区是沙漠，不长庄稼。土壤倒不坏，就是太干，它需要水，但不是咸水，咸水会破坏土质，用淡化海水来灌溉，代价又太昂贵。但是，如果用管道把淡水从海底引上大陆，荒芜的土地就会变成富庶的果园和农场。不用水泵，不用耗资巨大的海水淡化厂，也用不着别的费用，只要修管道就行了。想想看吧，撒哈拉沙漠、卡拉哈里沙漠、戈壁滩以及美洲的沙漠，这些地方都会出现什么样的奇迹！当然，这一切都还是遥远的未来。但这是对未来有着深远意义的工作，而你们则将成为从事这一工作的先行者。"

玻璃吉普在大堡礁崖附近抛锚后，哈尔和罗杰离开吉普，开始了在海水里找淡水的奇异探索。他们不时停下来，摘下面罩尝水，水咸得发苦。

他们正打算回家吃午饭，突然，头顶上传来隆隆巨响，他们抬头一看，发现岩壁和珊瑚礁大面积塌方，大块大块的岩石和珊瑚顺着崖面暴雨般倾泻下来。崩塌的石块直朝他们滚来，简直来不及躲避。在水下，要行动敏捷是不可能的，尤其在深海区，水的密度大，水压重，人的行动非常缓慢。

兄弟俩惊呆了。愣了一会儿，哈尔才一把抓住罗杰的胳膊，把他拽到一个崖洞里头。崩塌的石块滚雷似的经过洞口轰隆而下。现在，石块可伤不着他们了——他们这样想。洞口有一米多高，正好做他们的掩蔽。

但是，石块堆积起来，竟把洞口完全封住，转眼间，他们的岩洞变成了牢房。隆隆的响声停止了，这会儿，他们可以在石堆上挖个洞出去了。

但他们什么工具也没有，拿什么挖呢？大块大块的珊瑚石塞在洞口，有的甚至跟他们的玻璃吉普一样大。他们想赤手空拳推倒这些珊瑚块。珊瑚块尖锐的棱角割破了他们的手，他们能感觉到黏糊糊的血正往外渗。但愿这些都是死珊瑚——活珊瑚的毒性可能很大。

他们冷得直打战。这里头的水怎么比外头的水冷那么多？

他们得赶紧出去。气箱里的空气越来越少，再过10到15分钟，他们就会像两只溺水的小猫一样被憋死在洞里。他们重新鼓足劲儿，又一次向岩石发起进攻。他们越是干得起劲儿，气就用得越快。

他们好像在跟一堵石头墙较量，不过，这堵石头墙上布满了刀子，把他们的手割得血淋淋的。

干了一阵儿，他们停下来歇歇。但是，一不干活，他们就觉得浑身发冷。他们正待在热带珊瑚海的海底，热带的海水怎么会

15 塌方

这么冰冷刺骨？这真是个谜。

这个谜由罗杰解开了。他想起狄克博士提到过泉水的温度很低。

他摘下面罩，尝了口水，真的是淡水。

岩洞里黑得伸手不见五指，他摸索着找到了哥哥的手臂，使劲儿拽了一下，哈尔把他的手拨开。罗杰又摸到了哈尔的面罩，把它一把扯掉。

哈尔不由自主地喝了一口水，这一口就足以使他明白，他们已经找到了他们一直在寻找的东西。这时，他已经感觉到脚下有一股往上的压力，那准是从下头涌上来的淡水。压力很大，像消防龙头喷射出来的水的压力一样。

他感到他仿佛正从水深60多米的地方沉向水深90多米或者120多米的地方。这准是因为泉水涌进崖洞以后出不去，身体承受着更大的压力，似乎水深增加了30或60多米。

这种情况不会维持很久，不是往上涌的泉水被堵住，就是洞里的水压越来越大，最终把堵在洞口的石块冲垮。

他想往水压上再加一把劲儿，于是，摸索着抓到罗杰的双手，把它们按在洞口最大的珊瑚块上。

罗杰心领神会。两个孩子齐心合力地推那块珊瑚。他们推动的力量和涌上崖洞的泉水的压力合在一块儿，终于使那块珊瑚移动了一厘米多，露出一道缝来，一点儿亮光透进洞里。

他们又使劲儿推了一次。突然，一大堆珊瑚倒塌了，裂开了一道刚好够他们爬出去的豁口，他们脱险了。

这塌方是怎么发生的？他们抬头看崖顶，崖顶露在水面上，看不清楚。但是，他们看见那上头有个影子在动，那可能是个人影。但那是谁呢？无从猜测。

他们返回吉普，立即向狄克博士的办公室驶去。

"我们找到了一股泉水，"哈尔报告说，"一股好泉水，水压很大。就在珊瑚礁底部的一个崖洞里。"

"好极了，"狄克博士惊喜地喊道，他拿起电话，"我让总工程师来，你们带他到那儿去。他和他的伙计会用管道引水进城，把水接到我们的供水系统上，这样，海底城家家都能有水用了。知道吗？你们干了多么了不起的一件大事！这意味着，从现在起，我们再也用不着海水淡化厂了。这将使我们节省很大一笔开支。但这件事的意义远远不只是节约了钱，如果这儿有一股好泉水，长达2000多千米的大堡礁上就应该还有好几百股泉水。这些泉水足以灌溉澳大利亚的所有荒地，使它们变成良田。这样的水源，世界其他地方也会有。怎么样？找这股泉水碰上困难了吗？"

"嗯，有点儿。我们碰上了塌方，有小小的一点儿惊险。要是不碰上这次塌方，我们很可能还发现不了这股泉水呢。为了躲避塌方，我们爬进了那个岩洞，于是，罗杰发现洞里的水是淡水。"

狄克博士露出不解的神情，说："塌方？珊瑚岩层通常不会崩塌，塌方肯定来自崖顶，那上头有很多疏松的岩块。但我不明白，它们怎么会掉下来？除非有人把它们推到崖边。可谁会这么干呢？海底城里肯定不会有人蓄意要活埋你们。"

如果要在狄克博士面前搬弄是非，告诉他有两个人非常可能

15 塌方

蓄意活埋他们,现在正是时候。但是,假如他们两个都是无辜的呢?使奥斯卡·罗契涉嫌此事很可能会使他失去工作,这不公平;要说是卡格斯,他们将不得不告诉狄克博士他伺机谋害他们的原因,因为他们清楚地知道他有杀人的前科,并且坐过牢。但是,如果他确实已经痛改前非,他就应该得到重新做人的机会。

总工程师来了,兄弟俩用吉普把他送到那个崖洞。

从崖洞返回吉普时,他说:"你们准吃了不少苦头。被困在那个洞里真是糟透了,你们完全可能会死在里头,就像落入捕鼠器里的老鼠一样。不过这是股好泉水,足够供应十多个跟海底城一样大小的城市。找到这样一股好泉水,是你们的运气啊!"

"运气,"哈尔说,"你这个词用得很恰当。没有我们的厄运,就不会有这样的幸运。"

他们驱车回城,把总工程师送回他的办公室。顺着梅恩大街往家驶时,他们看见奥斯卡·罗契走进他洗碟子的那家酒店。回到家,卡格斯正坐在客厅里看书,抬头看见哈尔兄弟,他好像很吃惊。"没想到你们这么快就回来了。"他说。

16

到世界之底去

电话铃响了,话筒里传来狄克博士兴奋的声音。

"我们正在筹划一项特殊的任务,"他说,"我想,你们可能会感兴趣。能过来一趟吗?"

他们顺着马鲛鱼街拐进科研街,走进狄克博士的办公室。

"我们想对海底更深层的矿藏进行勘探,"他说,"到地球上最深的洞底去,想干吗?"

这建议太突然,两个孩子只是睁大了眼睛看着狄克博士。

"我们已经租好了深海船,"狄克博士解释说,"你们知道'特里埃斯蒂号'吗?就是那艘把贾克斯·皮卡德和海军少校沃尔什先生送到海洋最深处的那个最深的洞里去的深海潜水器。我们租的就是那样的潜水器。"

"你说的是'挑战者深渊'吗?"哈尔问。

狄克博士露出微笑,"看得出来,你们听说过。"

"我在皮卡德的《一万多米的深海》那本书里读过他潜下'挑战者深渊'的故事。但那是1960年的事儿了。打那以后,还有人潜下去过吗?"

"没有,一直到现在也没有。这项极富挑战性的任务还在等待着某个人去执行呢。'挑战者深渊'位于马里亚纳群岛的马里亚纳大海沟南端,是个可怕的深谷。在全国地理协会的地图上找

16 到世界之底去

得到马里亚纳大海沟。那是一个比科罗拉多大峡谷深 6 倍的深谷。你们的任务不是找矿,但我想,你们可能愿意去看看,那下面都有些什么生物,如果有的话。一些科学家说,那儿不可能有生物,因为巨大的水压会把所有的鱼全压死,另一些科学家却说那儿可能是某些巨兽的巢穴——人类还从来没见过这么大的巨兽呢。怎么样,想去探个究竟吗?"

"当然想,"哈尔说,"什么时候出发?"

"我们的船明天早上起航。"

"可是,如果我们浮到上头的'发现号'去,会得气栓病的。"哈尔说。

"不是那艘船,"狄克博士说,"你们坐飞翼潜艇去。"

"哎呀,你可把我弄糊涂了。什么叫飞翼潜艇呀?"哈尔问。

"你知道气垫船吗——那种漂浮在离水面 2 米多的充气垫子上的船。这样的船,英国已经有了 4 艘。它们正以每小时 110 多千米的速度飞驰在英国和法国之间的英吉利海峡上。美国也在设计这种船,以后,飞翼船会越造越多。它叫作飞翼船,是因为它能像直升机似的在空中翱翔或飘浮。它不用劈波斩浪,它凌驾在波浪上方,因此,能飞速行驶。"

"可是,"哈尔说,"如果我们浮上水面去登上飞翼船,也一样会得气栓病。"

"飞翼潜艇正好解决了这一问题。这个完全崭新的名称在字典里还找不到呢。飞翼潜艇是飞翼船和潜水艇的结合。它能在水下行驶——速度不很快,水的阻力限制了它;在空中,它的速度要快得多。你们可以在这儿,在水下 60 多米的深海上船。船里的空气跟你们现在呼吸的完全一样,以氦气为主,船舱是密封的,里面的气压不会变化。飞翼潜艇将上升到海面上,然后,航行3218千米到马里亚纳群岛。到那儿以后,它将再沉下去,与停泊在60多米深的深海船会合。深海船里也充满同样的气体,它将把你们送到海底,再接回来,船舱里的气压不会有什么变化。"

"好极了,"哈尔说,"如果它真能按设计预期的那样运行的话。"

"啊哈,"狄克博士说,"即使它运行失灵,你们也不会知道的,因为,真那样的话,你们已经死了。"

孩子们哈哈大笑,但他们觉得这个幽默非常严峻。

第二天早上,飞翼潜艇停在梅恩大街转入科研街的拐角处等着。潜艇后部有喷气机,像飞机的喷气机一样。它的肚皮上装有一部巨大的超音速喷气机,能喷射出强大的气流,使潜艇能升腾在海面上。

两个孩子从敞开的舱门钻进潜艇。两名地质学家和驾驶员已经在船上。地质学家上前来跟他们握握手,他们都是年轻人,20岁出头。看样子,他们跟两位博物学家一样兴奋。

舱门密闭后,喷气机发动起来,飞翼潜艇上浮60多米后露出海面,随即腾空而起,仿佛它本来就在空中飞翔。潜艇在距离海面差不多4米的空中疾驰。

"这玩意儿准有一吨重,"哈尔说,"能把它托这么高,马达的功率一定很大。"

"他们说有3500匹马力,"一位地质学家说,"它行驶得多平

16 到世界之底去

稳啊！既不上下颠簸，也不左右摇晃。这对我很合适。在普通的船上，我晕船晕得厉害。"

海上波涛汹涌，但浪峰绝碰不着那疾飞的潜艇。巨浪咆哮着，狂啸着，仿佛在发怒，因为它们能把水面上同样大小的船只掀翻，却颠簸不了这条船。一只与潜艇同向航行的渔船正顶着疾风吃力地在逆流中颠簸，一小时走不了 8 千米。飞翼潜艇却以每小时 110 千米的速度驶过，渔船上的渔民几乎来不及招招手，潜艇就驶远了。

就是以这样的高速，潜艇也得航行 30 小时才能到达马里亚纳群岛。所以，船上的人都安下心来睡觉、吃东西或者聊天。驾驶员把操纵装置调成自动以后，就去跟大伙儿待在一起。

"比起正在设计的飞翼船来，这一艘潜艇是落伍了，"他说，"新设计的飞翼船重达 4 万吨，能以几百千米的时速在大西洋和太平洋洋面上滑行。"

正前方横着一片珊瑚礁，礁宽约莫 1.6 千米，长约 5 千米。驾驶员看见这片礁石却不回操纵台去。

"你不打算绕开它吗？"哈尔着急地问。

"用不着，"驾驶员说，"那上头没什么东西挡得住我们。没有树木。等着吧，看这匹飞奔的野马怎样腾越那片礁石。"

哈尔和罗杰紧张地目不转睛地盯着，沙滩倾斜地往上伸延，形成陡峭的堤岸。飞翼潜艇准得撞在堤岸上。

但它没撞上去，相反，它顺着堤岸升起，然后，像在水面上那样，在离堤面将近 4 米的空中一跃而过。它像一只受惊的猫一样跃过礁石，沿着另一面向海面倾斜的礁岸滑下去。驾驶员连操

16 到世界之底去

纵装置都没碰一下。

就这样,它飞越了一个又一个光秃秃的珊瑚岛。只有当岛上长着棕榈树时,驾驶员才使用操纵装置,驾着潜艇在树木间穿过。

"就这样,它能穿越沼泽、泥塘、浅滩或河流,"他说,"它甚至能爬山,爬到山顶,然后,顺另一面坡下滑。"

"这就像坐在魔毯上。"罗杰说。

"'魔毯'?这名字听起来挺不错。"哈尔说。于是,他们就把飞翼潜艇命名为"魔毯"。

"前头是一片开阔水域,"驾驶员说,"我想,我可以打个盹。晚上我还得通宵守在操纵台上呢。"

"你睡午觉时难道不要个人帮着守一会儿吗?"哈尔问。

"不,我想不需要,不会再有珊瑚岛了。不过,还可能会有船挡我们的道。在那种情况下,自动装置就不知道该怎么办了。我带你去看看操纵装置,好让你在紧急情况下能替我驾驶。"

操纵装置很简单,就是一根操纵杆。它操纵着潜艇朝左或朝右,上浮或者下潜。

从操纵台回来后,驾驶员很快就睡熟了。哈尔代替他坐到操纵杆后面的座位上。他不敢把一切交给自动装置而自己走开。

他查阅了海图。他们正在珊瑚海北部的开阔水域里航行。哈尔根据飞翼潜艇的速度估量了一下,大约还得8小时"魔毯"才能到达所罗门群岛和新几内亚海域。到了那儿,他就把驾驶员叫醒。

整个下午都平安无事。看得见所罗门群岛了,驾驶员还没醒。干吗要叫醒他？潜艇的左方，新几内亚的末端像只手指在指着哈尔，警告他。推动操纵杆让潜艇绕开这只手指简直轻而易举。绕过新几内亚就是新英格兰和布干维尔之间的海峡，过不了这道海峡才是笨蛋呢。万一在海峡里碰上别的船只，他肯定也能避开。

但是，他没料到会有两只船突然同时从两岛之间冲出来，在潜艇的正前方交会，不管转左舵还是右舵，他都会撞上其中一艘船。要是他知道要减速该把操纵杆推往哪个位置，他就能把这新发明的玩意儿停下来了。可是，驾驶员没告诉过他，去叫醒他已经来不及了。海峡两边的岛都长着茂密的森林，而"魔毯"又不是为飞越森林而设计的。

突然，他看见左边的树林中间有一道峡谷，也许，他可以转左舵穿过峡谷飞越那个岛。

来到滩头跟前，他才发现要穿过去并不那么容易。那里的海滩不像珊瑚岛的海滩那么平缓，实际上，根本没有海滩，翻腾的波涛拍击着陡峭的悬崖。这道悬崖有多高，他说不准，他只担心悬崖太高，飞翼潜艇飞不过去。要是他以110千米的时速一头撞到崖顶下面的石壁上，"魔毯"就玩完了，它的乘客一个也别想活。

也许，他能让潜艇升起来。他把操纵杆推往上升的位置，飞翼船没升起来。他忘了，这不是飞机。在水里，它能升起来是因为喷气机的气流不断推动水面；它乘着气势能在陆地上腾空行驶，是因为那台大型喷气机往地面上喷气把它托起来，但最高也只能托起4米。

16 到世界之底去

哈尔屏住呼吸。他想闭上眼睛以免看见即将发生的一切；他想扔下操纵杆冲回后头的船舱，以免在撞船时首当其冲。但是，他仍然把眼睛睁得大大的，坚守在操纵台上。

他以为身后会传来惊叫声，回头瞥了一眼，舱里的人全都睡得很熟。

飞翼潜艇撞在悬崖上，它颤抖着，但仍然继续往前移动。它犁开崖面上的泥土和岩层，贴着崖面慢慢爬着。它会成功吗？只要它的大喷气机挨得着陆地，潜艇就能腾空而起。

突然，他发现一切都没问题了。强有力的喷气机气嘴已经挨着岸边，潜艇马上腾空而起，跃入 4 米高的空中。潜艇颠簸了一下，驾驶员翻了个身，在睡梦中咕哝着什么。别的人似乎睡死了，根本不知道他们差点儿丧命。哈尔大大松了一口气，他觉得所有的危险好像都已经过去了，不会再发生比这更糟糕的事儿了。

正这么想着，突然，眼前出现了跟这同样糟糕的事情：潜艇正前方横着一幢房子，要绕开已经来不及了。飞翼潜艇猛地在房顶上撞开了一个大洞，直插过去，茅草屑到处飞扬。屋里的人准以为是到了世界末日，他们尖叫着从门窗蹦到外面。

一个人手里拿着枪，对着那会飞的魔鬼乱扫一气，但一枪也没打中。哈尔和乘客没有听见枪声，枪声被飞翼潜艇发动机的吼声淹没了。

其他土著居民听到了枪声，提着枪从屋里跑出来。他们还以为敌对部落的人在对他们发动战争呢！

他们向飞翼潜艇开枪，子弹噼噼啪啪地打在潜艇身上。形势越来越严重。如果他们在金属的艇壳上打穿个洞或者打碎了窗玻璃，艇内的高压氦就会涌到外头，外头的低压气体也会涌进舱里，潜艇上的人全都会得气栓病死掉。

幸运的是，为了顶住巨大的水压，艇壳造得很坚实，它顶住了子弹的射击。窗户上的有机玻璃像橡皮似的可以弯曲，但打不碎。

一群想拦挡潜艇的土人惊恐地尖叫着闪到两旁。看见那些身高近2米的人站在这个飞翔的妖怪下面，比它还矮2米，土人们大感不解。来不及躲开的人只好平躺在地上等死。当他们发现那个怪物飞过去以后自己还活着，无疑会万分惊疑。

这件事他们一辈子也不会忘记，而且，故事会越传越神。总有一天，老人们会把他们的孙子抱在膝盖上给他们讲这样一个故事：从前，一条可怕的巨龙飞到这里。它的身体像这个岛一样巨大，血红的巨眼喷着火，肚皮下的洞呼呼地吹出灼人的风。它像台风一样席卷了这片土地，杀害了成千上万的男女老幼。

事实上，一个人也没死，只有几个人被流弹打中了腿，因为枪手们实在太慌张，子弹打歪了，伤了自己人。

17 深海

在岛的另一边,另一场惊险正等待着哈尔。

那边的海面风浪很大,巨浪撞击在岩石上,溅起喷泉似的浪花。但哈尔最担心的是这一边的高达6米多的海岸。驶到这高耸的岸边时,飞翼潜艇会怎么样呢?

潜艇从岛上疾驰到岸边,驶离海岸冲入空中。这儿离海面6米多,可不是飞翼潜艇驰骋的地方。在这样的高度上,喷气机喷出的强大气流托不住它,它迅猛地往下坠落,到了4米的高处还停不住,直往下坠,最后,一头栽进海里,正巧落在一条大鱼身旁,大鱼使劲儿摆摆尾巴游开了。潜艇刚从浪谷浮上来,转眼又被巨浪吞没。

接着,潜艇犹豫了一会儿,开始往上升。再次落入一个浪谷后,它终于上升到它的最佳高度。在4米空中,它安下心来,叹了口气,说:"谢天谢地!"

它的驾驶员可受够了,他把操纵杆推到自动挡,回到后舱,狠狠地给了那位真正的驾驶员一拳。那位先生醒了,直眨巴眼睛。

"啊呀,是你。我还以为你会让我好好打个盹,到所罗门群岛才叫醒我呢。"

"我们已经过了所罗门群岛,"哈尔把那位睡眼惺忪的舵手带上操纵台，用手指点着海图说，"我们在这儿，刚刚过了所罗门群岛。"

"怎么样？"

"挺好。"

"没出岔子吗？"

"没有。"

"你真走运。"

"我们大家都很走运，"哈尔说，"我们都还活着，真是运气。"

特鲁克群岛由珊瑚环礁把300个小岛环抱在它怀中。飞翼潜艇日夜飞驰，飞越了美丽的特鲁克群岛，驶向马里亚纳大海沟的南端。在那儿，驾驶员通过无线电话与深海船取得联系，潜艇下潜60多米，两艘船就会师了。

深海船的驾驶员从打开的舱门跳出来，"魔毯"打开舱门把他接进去。

互相介绍以后，他解释道："深海船只容得下两个人，人再多地方就不够了。我猜，你们两位博物学家可能想一起下去；你们两位地质学家也可能愿意一块儿下去。这么一来，我就给挤出来了。不过，你们不一定非要我一起下去不可。驾驶深海船并不难。你们来个人跟我一起走一趟，我来告诉他怎样操作。"

哈尔坚持让两位地质学家第一批潜下去。一位地质学家先跟驾驶员下去，跟他学习操纵深海船。然后，驾驶员返回"魔毯"，另一位地质学家到深海船上去与头一位地质学家会合。他们关上舱门，深海船开始向深海潜下去。哈尔和罗杰尽力按捺住急切的

17 深海

心情等它归来。

"顺便问一句,"哈尔说,"它为什么叫作深海船?"

驾驶员答道:"深水潜艇的发明者奥古斯特·皮卡德把它叫作深海潜水器。在希腊语里,深海潜水器是由'深海'和'船'两个词合成的。这艘船的营造者认为讲英语的人不应该用希腊语,所以,他把这两个希腊词译成英语,就是深海船。"

"皮卡德的船是从这儿下潜的吗?"

"正是。现在,你们就在迄今已发现的所有海底洞穴中最深的洞上头。它叫'挑战者深渊'。相信我,它的确很深,从海面到洞底的垂直距离是 11.26 千米。"

"皮卡德的船一直沉到底了吗?"

"一直沉到底了。"

"他的船跟深海船一样吗?"

"不,不太一样。他那艘叫作特里埃斯蒂的船比深海船大得多,也重得多。"

"深海船到下面去过吗?"

"它只下潜了约 1.6 千米。"

这是哈尔所没有料到的,他露出忧虑的神情,道:"这么说,如果我们这 4 个人再往深处潜,那就将是对深海船进行第一次试验了?"

"对,"驾驶员咧嘴笑笑,"不管你们干什么,都只能是拿自己的性命去冒险。这艘船的设计者尽力使它能顶住巨大的水压。但是,谁知道呢,它可能会像压鸡蛋似的被压塌。而你们呢,也可能会被压成肉饼。"

看样子,他觉得这挺好玩儿,但哈尔和罗杰认为这并不怎么好玩儿。

"看样子,你不怎么担心。"哈尔说。

"我干吗要担心?"驾驶员答道,"这事儿与我无关,我只是遵照人家的吩咐把船开到这儿做好准备。我已经把一切准备好了。当然,如果地质学家们一去不复返,你们也就不必下去了。这么一想也就快活了。"

哈尔想,这家伙太大大咧咧,靠不住。

一个钟头以后,深海船回来了,船仍旧好好的,哈尔这才松了口气。两位地质学家回到"魔毯"上。

"怎么样?"哈尔问。

"很好。一路上,我们仔细考察了峡谷整个谷面的岩层。"

"整个峡谷?你们一直下到谷底了?"

"啊,不。没有必要。我们只下潜了3000米左右,已经获得了我们所要了解的一切情况,因此,没必要再往下潜。"

"现在,轮到你们了。"深海船那位乐呵呵的驾驶员说着,把哈尔带过去教他开船。过了一会儿,驾驶员回来了,罗杰就过哈尔那边去。他们把舱门关紧,然后,开动船顶的喷气机,喷气机把潜水器推往深海。

开头,还看得见一点儿日光。他们越往深处潜日光就越暗淡,不一会儿,日光消失了,四周一片漆黑,像夜晚一样。

那位驾驶员说得对,这玩意儿太小,只装得下两个人。即使只装两个人,也是紧巴巴的。深海船的外形像一个圆溜溜的钢球,透过有机玻璃窗,他们看见水下"夜空"的"星星"。不过,

17 深海

这些"星星"全都像疯了似的在飞奔。

五颜六色的"星星",红的、黄的、绿的、蓝的、淡紫的……它们是带磷光的鱼发出的光彩。

一条灯笼鱼游过,鱼身两侧都有一串光斑,像轮船灯火辉煌的舷窗。海虾光芒耀眼,海蜇放射出柔和的清辉。带水母的轮廓仿佛是用霓虹灯勾画出来的。

胸斧鱼身上似乎安装了无影照明装置,还有的鱼身上有成串成串的绿灯蓝灯,格外惹人注目。

鱿鱼鼓出镶嵌着光边的眼睛偷看,它们触须上的光斑星罗棋布。蟾鱼闭着嘴时不放光,一旦张开大嘴巴,牙根上就闪现出一圈光芒,像一串珍珠项链。

所有这些生物都生活在日光照不到的深海,因此,它们需要光。至于为什么有的光发白、有的光发黄、有的光发红、有的光发蓝、有的光发绿,科学尚未作出解释。

有一种鱼前面有一团光,像一盏悬挂在钓鱼竿上的小电灯。这盏灯把小鱼引来,然后,猛地一扭不见了,而小鱼呢,早已落入这个钓鱼佬的巨口。

月亮升起来了,至少,那玩意儿看起来挺像月亮,不过,哈尔说,那是月鱼。它的身体是圆形的,直径足有 3 米多,平而薄,闪着月亮般的银辉。

也有人把它叫作头鱼,因为它那模样什么都不像,只像人头。小时候,它有尾巴,长大了,尾巴就掉了,像蝌蚪一样。它那看起来像头的身体实际上包含了胃和其他器官。在大月亮的边沿上有两只小眼睛。"月亮"四周的那些细小的、肉眼几乎看不见的鳍在水中缓慢地推动着这条成吨重的月鱼。

带磷光的鱼有一个奇异的特征，它们会像流星一样在身后留下一道道磷光。

有一条鱼相当大，它在水里到处洒下光辉。

"人们管它叫食星鱼。"哈尔说。这种鱼连鱼鳍上都挂着光彩夺目的灯饰，下巴颏上璀璨的胡须漂漂荡荡。

"那边有条鱼完全不发光，"罗杰说，"怎么会那样？"

"那是盲鱼，"哈尔说，"它瞎得厉害，所以不能借助光来看清自己的道路。它只能慢慢地移动，就像街上那些用竹棍儿敲着地面探路的瞎子一样。不过，它有将近20根竹棍儿——那些伸向四面八方的长长的触须。有了它们，盲鱼就能摸索着游动并且找到食物。"

"我们下潜多深了？"罗杰问道。

哈尔看了看那个装有灯的计量表，"1800哻，咱们算算看，1哻等于1.829米。这么说，我们所在的地方水深将近3300米。"

"跟两位地质学家下潜的深度一样，"罗杰说，"我们这就上去吗？"

"别指望我会上去，"哈尔说，"他们当然有理由上去，他们要看的全都看到了。我们呢？我们到这儿来要看的东西还一点儿都没见到呢。我们要弄清楚谷底到底有什么东西，是庞然大物呢，还是根本没有生命？"

"皮卡德和他的伙伴们发现什么了吗？"

"他们相信他们见到了一条比目鱼和一些虾子。有些科学家却说他们肯定搞错了，什么样的鱼都承受不了那大得可怕的水

17 深海

压。也许，我们最终能弄清哪一方说得对。"

"我们将是首批乘深海船潜到那个深度的人，"罗杰说，"你不害怕吗？"

"我当然害怕，"哈尔老实地说，"但是，为了解决这个问题，总得有人做试验，我们也可以当这样的试验者。除非深海船塌陷把我们压扁。否则，我们就要继续往下潜。"

深海船猛地颠簸了一下停了。

"我们肯定已经到谷底了，"罗杰说，"要不，就是撞着一条大鱼了。"

"不，"哈尔说，"我们碰上了斜温层。"

"什么叫斜温层？"

"瞧瞧窗外，"哈尔说，"看看那些看起来像海底的是什么东西。"

成千上万光辉灿烂的海洋小生物聚集成厚厚的一层，看起来的确像海底。

"那就是斜温层，"哈尔说，"一路下去，海洋并不老是一个样。它分成一层一层，就像多层奶油蛋糕。顶层是暖水，斜温层把暖水和稍冷的水隔开在它的上面和下面。你已经注意到了，当我们碰上斜温层时是怎样被弹起来的。斜温层是弹性很好的一张垫子，就像杂技演员表演空中飞人时用的垫子一样。"

"我们穿得过去吗？"

"没问题。"哈尔把油门加大了一点儿。深海船又撞击了一下，穿了过去，继续下潜。

他们又两次碰上斜温层，被弹起来好几米，又加大马力冲了过去。

突然，海里的东西全都以极高的速度往上冲。哈尔打开探照灯，他们身旁的峡谷壁正飞速上升。

"怎么回事儿？"罗杰很担心，"真没想到深海潜水会有这么多麻烦。"

哈尔看了看速度计，它显示出他们的下潜速度。"我们的下潜速度本该比这速度慢一倍。我们被卷进了一股顺崖下降的水流。这是海洋里的一种河流，不过，不是水平流动的河流，而是一条古怪的垂直往下流的河流，"他关掉发动机，"现在，我们不需要任何动力就能下潜。免费坐船啦！"

免费航行没多久，一下令人讨厌的碰撞中止了他们的快速下潜。这一次，船没有反弹起来。他们真的撞上硬东西了，深海船一动也不动。

"我希望我们的船别给撞裂了，"哈尔边说边检查他们小小的牢房的墙壁，"没发现有水流进来。"

"怎么回事儿？"

"撞在峡谷壁一道突出的壁架上了。要是脱不了身，我们这次航行便就此告终了。我试试往上升点儿。"

深海船纹丝不动。那股自上而下的激流把它死死地压在壁架上。

他们既不能上升也不能下潜，情况十分危急。

"咱们试试往旁边挪挪。"哈尔说。他开动了船侧的喷气管，船开始向壁架的边沿滚动。两个孩子发觉自己正头朝下倒立着。深海船压迫着壁架，摩擦着壁架，刺耳地嘎嘎嚓嚓了半天，终于

17 深海

滚到了壁架边落下去。恢复平衡以后,它又继续它的快速下潜,船上的乘客总算放心了。

又下潜了 305 米,激流神秘地消失了,就像沙漠里的河流渗进了沙中。

到世界之底去的旅游者们刚松了口气,他们的船又撞着什么了。不过,这一回撞得格外不同,非常轻柔平稳,不是那种剧烈震动的碰撞。

"又是斜温层?"罗杰问。

"可能。"哈尔说。他加大油门,如果这次又是斜温层,他就一定能把它冲破。但是,深海船没有动。

"也许,我们真的到谷底了。"罗杰说。

哈尔看了看深度计,"远着呢!"他说。

"那么,会是什么把我们卡住了呢?"

"我不知道。"哈尔老老实实地说。

"瞧!"罗杰喊道。一个东西漂到探照灯的灯光里。透过窗户可以看到那东西像两只巨眼。

"不可能是眼睛,"哈尔说,"什么东西都不可能有这么大的眼睛。看样子,它们有轮船的舷窗那么大。"

这双巨眼像两只深潭,从潭的深处射出怒冲冲的绿光。

"可能是只巨型章鱼吧。"罗杰猜道。

"不是,"哈尔说,"即使最巨型的章鱼眼睛也很小,而且,不会这样闪光。这看起来像是磷光。"

一条巨蛇模样的东西掠过舷窗。

哈尔大喊:"我知道是什么啦。大章鱼的表亲,超巨鱿鱼,它的个头相当于 10 只大章鱼。"

"你看这一条有多大?"罗杰问道。

"从那对眼睛和我们刚看见的那些触手的大小来看,我估计它可能有 10 到 18 米长。"哈尔说。

罗杰吹了声口哨,"多么巨大的怪物啊!是只好妖怪,不会伤人,对吧?"

"不伤人?!"哈尔喊起来,"想想看吧,这儿的人把它叫作'太平洋的噩梦',它的另一个名字是'魔鬼鱼'①。幸好很少有人碰上它,因为它喜欢待在深海。瞧,那些触手又来了。你看长在触手上面的那些大盘子。"

"跟章鱼的吸盘一样。"罗杰说。

"是那种东西,不过,大不一样。章鱼触手上的盘子是用来吸在别的东西上面的,它们是吸盘。鱿鱼的盘是用来杀伤别的东西的,"他用探照灯对准其中一个盘子,只见盘上排列着尖锐的大牙齿,"任何动物或人,只要被那些盘子咬住,不等落入超巨鱿鱼口中就会死去。它的嘴巴就更危险了。咱们看看能不能找到它的嘴巴。"他把探照灯光从那双巨眼往下移,最后,停在那怪物的巨大的鸟形嘴上。

"看样子,它像铁一样硬,"罗杰说,"身体这么软绵绵的动物怎么会长这样可怕的一张嘴巴?"

"就用这张嘴巴,它能把鲨鱼咬得粉碎,"哈尔说,"或者像

---

① 魔鬼鱼:即蝠鲼鱼,是一种大型鱿鱼,其英文是"魔鬼"和"鱼"两个词构成的。——译者注

17 深海

你嗑核桃那样把你的头咬开。"

罗杰不耐烦地说:"我们不能老待在这儿。它干吗老挡在我们的路上不走开呢?"

"它对我们太感兴趣了。它很可能在想,它是不是能把这个核桃嗑开,把我们弄到口。"

"咱们走吧,"罗杰建议说,"要是推不掉它,为什么不把船往上升一点儿把它摆脱掉呢?"

"我试试看。"哈尔说。他开动船下的喷气管,那应该能使船往上升,但深海船却没挪窝儿。

"那怪物肯定用一只触手裹住了我们的船顶。"

猎获物竟想逃跑,怪物给惹火了,它把其他触手也缠到深海船上,有些触手几乎遮住了有机玻璃窗。

罗杰担心了,"我想,它正用它的八只触手夹住我们呢。"

"10只,"哈尔说,"你的老朋友章鱼有8只触手,鱿鱼多两只。"哈尔又开足了马力。

大铁球还是没动弹。他们听得到那张巨口啃磨钢船壳的声音,那只怪物正在疯狂地与大铁球搏斗。触角上那些锋利的牙齿不断在船体上抓挠。

哈尔关上发动机。"没用,我们还是脱不了身,"他说,"只好等着了。"

魔鬼鱼不停地啃着、抓着,它还从来没碰到过这么难对付的敌人。这个铁球太大,囫囵吞不下去。但是,要咬开它却不那么容易。巨怪的火气越来越大。

"我的神经受不了啦!"罗杰说。

135

"别担心，这么坚固的钢壳它咬不穿。"

但是，当巨鱿向一扇舷窗发起攻击时，他们可就不能不担心了。有机玻璃非常坚韧，但毕竟不是钢。它能承受惊人的压力，但锐利的东西却能把它扎破。现在正在舷窗上拼命啄的这张鸟形嘴可是够锋利的。

哈尔估量了一下这只巨鱿的个头，周长约莫3.6米，体重至少有450千克。

"它的个头大总算是件好事，"他说，"即使它能把那扇小小的舷窗啄破也进不来。"

"我倒不是怕它进来，"罗杰说，"但只要它啄开一个小洞，海水就会涌进来，那时可怎么办？"

哈尔不想吓唬他的弟弟，但他必须实话实说，"那样的话，恐怕咱俩都得完蛋。海水的压力至少等于这个球内气压的100倍。万一舷窗被啄破，海水就会以惊人的速度涌进来，用不了几分钟就会把我们淹死。"

鱿鱼的行动引来了一大群观众。大大小小千姿百态的鱼全都游来了，它们要看看发生了什么事儿。在探照灯光下，它们形成了一道五光十色的彩虹。

彩虹后面，一个东西像朵云似的在水里漂过。

"你猜那是什么？"罗杰好奇地问，"这么大，不可能是鱼。也许，只不过是一片阴影。"

那个东西越逼越近，看起来，像一片巨大而沉重的阴影。

"但愿……"哈尔开口了，但他没把心中的愿望说出来。当那片阴影掠过他们的船飘然远去时，他大失所望。

17 深海

可是，过了一会儿，它又回来了。这一回，它正好在探照灯光中。它那硕大的头大得像一辆公共汽车，嘴巴张着，巨牙白得发亮。

"巨头鲸！"哈尔喊起来，"也许，它能把我们救出去。"

"它能干什么？"罗杰问。

"它能解救我们。我们不会淹死在这儿了，"哈尔说，"如果它愿意这么干的话。鱿鱼是巨头鲸最爱吃的食物之一。这不是那种贴着水面漂浮的、只有半米左右长的小鱿鱼，是那种生活在深深的深海的肥美的庞然大物。啊，但愿它饿了。"

巨头鲸又来了，可是，在距离巨鱿只有两三米的地方，它又游走了。

"我敢打赌，它怕。"罗杰说。

"它完全有理由害怕，被巨鱿吃掉的鲸太多啦。"

"我还以为它总是得胜的呢，"罗杰说，"它的个头比那条巨鱿大得多。"

"是大得多，但它没有那10只触手。那些触手长达9米多，还长着那么多的利齿。"

巨头鲸游回来，停下来用它的那双小眼睛盯着它的对手。在巨鱿那双车辐辘似的大眼睛的映衬下，它的小眼睛显得格外古怪。

过了一会儿，它猛地一摆尾，朝前冲去。它的巨口像扇敞开的大门，直取它爱吃的食物。它完全可以独自享用这顿美食，再没别的动物敢惹这条超巨鱿鱼了。巨头鲸的牙齿像剃刀一样锋利，它们不善于咀嚼，但一口咬下去却非常厉害。

巨鱿松开扒在钢球上的一只触手，使劲儿朝正在游近的对手甩去。只听咔嚓一声，巨头鲸已经把那巨蛇般的触手牢牢咬在牙齿当中。这是牙齿与牙齿的搏斗。论到用牙齿搏斗，巨鱿与巨头鲸可说是势均力敌。巨鱿触手上面数以百计的牙齿像针尖般锋利，它们肯定已经扎进巨头鲸的舌头里——鲸全身最敏感的部位。

巨头鲸掉头就逃，张着嘴竭力摆脱这种酷刑，但巨鱿却不肯松开。结果，深海船被拖着以骇人的速度越过峡谷，船上的两位乘客被颠得头晕目眩。为了摆脱那只把它折磨得痛苦不堪的触手，巨头鲸拼命摆动，好像在抽搐。随着它的摆动，大铁球一会儿猛地蹦起来，一会儿朝两边飞快地滚动。两个孩子被抛过来掷过去，在舱壁上撞得浑身青肿，鲜血直流。

他们正往峡谷另一边的崖壁飞驰而去，不断摇晃的探照灯光照在石崖上，那道石崖直上直下，陡峭坚硬。

在最后一刹那，巨头鲸猛地一掉头离开了石崖，而大铁球却重重地撞在壁上。旋转已经使深海船船底朝天，与石崖的猛烈碰撞把两个倒立着的孩子几乎摔晕过去。此刻，他们的那条"拖船"正把他们拖往峡谷的另一面石崖，在那边，他们很可能再次遭到同样猛烈的摔打碰撞。

但是，看到自己没法甩掉那只长满牙齿的触手，巨头鲸索性把它一口咬断。突如其来的剧痛使巨鱿全身骤然通红，它松开抓着深海船的另外9只触手，用它们把巨头鲸的头和眼睛裹住。巨型触手上的所有利刃一齐扎进巨头鲸的皮肉，血把海水都染红了。

17 深海

但是,巨头鲸绝不肯认输。它的头被缠住了,尾巴还可以随意摆动。尾巴够不着头上的巨鱿,却够得着深海船。这条巨头鲸跟它的远亲海豚一样聪明,它用尾巴朝深海船猛抽一下,使这个坚硬的大钢球朝它头顶上那团软绵绵的巨鱿砸去。

巨鱿马上被砸成肉饼。如果没人碰它,过一会儿,巨鱿又会重新鼓起来。但是,深海船不但把巨鱿砸扁了,而且还把它抛进了巨头鲸那张开着的嘴巴里。那巨大的嘴巴立刻就咬下了一大块鱿鱼肉,那块肉大得像头驴子。

这么一来,那只深海巨怪可就再也无力反抗啦。巨头鲸悠然自在地品味着剩下的巨鱿肉,两个孩子摸着身上青一块紫一块的创伤,竭力让自己镇定下来。

他们不但精疲力竭,而且冷得不行。看了温度计,他们才知道差两度舱内温度就到冰点了。

"我想,越往下潜就会越冷。"罗杰沮丧地说。

看来,他说对了。但是,他们冲过另一片斜温层以后,情况终于变了。

"只差 1.6 千米我们就到谷底了。"哈尔说。

他仔细看了看温度计,说:"似乎暖和了一点儿。"

"怎么会呢?"

"我不知道,但可以猜出来。海底下面可能有火山的火焰。在一些矿井里,越往下就越热,这你知道。这个峡谷底下的地热可能会使底层的水变暖。不管怎么说,有一点是没有疑问的,温度计的水银柱已经上升了一点儿。"

这又使罗杰产生新的忧虑。等他们到达海底时会不会被煮熟呢?也许,他们会落到一座海底火山里。他对哈尔说出了自己的忧虑。

"我想,情况不至于那么糟,"哈尔说,"不管会怎么样,马上就能见分晓了。"他盯着深度计,"只差60米就到了。20米,30米,15米,10米。坐稳了,可能会震动得很厉害。"

但是,一点儿颠簸都没有,深海船就在像羽绒褥子一样柔软的海底着陆了,泥泞几乎没过舷窗。

深海船着底时搅起的污泥浊水正在慢慢澄清。

他们往窗外望去,这地方就是已知的所有海洋的最深处。科罗拉多大峡谷谷深1600米,这儿却比大峡谷还深9700米。珠穆朗玛峰是地球上最高的山峰,他们下潜的深度超过了珠峰的高度。埃德蒙·希拉里爵士攀登过珠穆朗玛峰,他攀上了海拔8848米的顶峰。人们都说那是了不起的壮举,那的确了不起。然而,两个孩子已经从海平面下潜了11033米,几分钟之后,他们又将往上"爬",比埃德蒙·希拉里还要往上多"爬"2185米。当然,有了深海船,"爬"起来要容易得多了。他们已经证实了这艘船顶得住深海的惊人压力,它跟皮卡德的深海潜水器一样牢固。

深海船比深海潜水器更像潜艇。不过,从来没有一艘潜艇潜到过这么深的海底。这一次试验所了解到的情况对制造潜艇的人可能会很有用,他们将能制造出下潜深度远远超过水面以下100多米的潜艇。

但是,在深得如此可怕的深海里有生命存在吗?这一点还没有得到证实。贾克斯·皮卡德曾声称自己在这儿的海底见到过生

17 深海

物,他给它们拍过照,只因为海水里模糊不清,照片冲洗出来后,什么也看不见,所以,没人把他的报道当真。要使人们相信有什么生物能忍受如此巨大的压力,几乎是不可能的。

"看,"哈尔喊道,"这玩意儿不是在动吗?"

那不仅仅是一团泥浆,那是一件活东西。它从海底浮上去,然后,慢慢地游走了。几分钟后,它带着另外3只活物回来了。

那是一条比目鱼,模样像只鞋底,长约30厘米,宽约15厘米。

"看,它脑袋瓜上有两只眼睛。"

"我看,是你的脑袋瓜出毛病了吧,"罗杰说,"你在做梦,像皮卡德一样。"

"你自己看吧。"哈尔说。

罗杰不得不相信了,确实有两只睁得大大的眼睛,它们的的确确长在比目鱼的头顶上。

"所有鞋底或溜冰鞋模样的比目鱼头上都长着眼睛。"哈尔提醒他。

"可是,它长眼睛干什么呢?"罗杰反驳道,"如果没有探照灯,这儿就伸手不见五指。生活在不需要眼睛的地方,动物的视力就会退化。"

"以前,我也一直这样想,"哈尔表示同意,"但你已经亲眼看到了,这种想法是不对的,至少,不是总对。我得给它拍个照。"

他把探照灯的亮度调到最大,照着那条比目鱼,仔细看过了曝光表,按下了快门。他的相机是立即冲印的,所以,几分钟之后，他们就看到了拍摄的结果，比目鱼清晰地显示在照片上。

"那些小东西是什么呢？"罗杰问，"它们像红虾。"

"正是红虾。"说着，哈尔又拍了几张。

泥泞上面那些细细的蜿蜒的痕迹说明下头肯定还有更多的生物。

"还有一种鱼我一辈子也没见过。"哈尔说。

这种鱼长得像噩梦一样可怕。巨大凶残的嘴巴足有 30 多厘米宽，里面长满锋利的牙齿，它们不用费劲儿就能把硬壳螃蟹和龙虾咬碎，一口就能咬断人的手臂。那张嘴巴看起来几乎就是它的整个身体，头以下的部分越往下越小，最后只剩下一条细细的尾巴。尾巴上布满绒毛似的东西，但那肯定是一种特殊的鳞。哈尔给它拍了照，然后，用钢机械手的钳子把它夹住。

"你要它干什么？"罗杰问。

"我敢担保这是科学上的新发现，"哈尔说，"当然，不等我们把它带回海底城它就会死掉。那样，我就把它放进一罐防腐剂里，然后送到博物馆去分类命名。"

"你有什么理由认为科学家还没发现这种鱼呢？"罗杰问。

"我当然还不能肯定，"哈尔说，"不过，在我读过的所有动物指南里，我还没见过类似的动物。我相信，我们发现了一个新的鱼种。"

要使罗杰信服并不容易。"可是，科学家们几乎已经发现了所有的生物，我们甭指望再发现什么新东西了。"罗杰说。

"为什么不？"哈尔说，"每年都有新的动物被人们发现。不久前，史密森协会在马绍尔群岛搜集鱼类。他们捕到 481 种鱼，

17 深海

其中79种是新发现的,也就是说,每6种鱼当中就有一种是新发现的。事实上,人类对海洋奥秘的了解才刚刚开始,而对这样深的深海可以说还一无所知。"

"嘿,"罗杰说,"我已经给它想好了一个名字——'噩梦亨蒂尔'①。"

哈尔哈哈大笑,"'噩梦'就很好。亨蒂尔嘛,我敢肯定他们不会用我们的姓氏给它命名,别想得太美了。咱们上去吧。"

开头,他们上升得很慢,浓重稠密的海水拽住了他们。慢,他们倒不在乎,这样,他们反倒能从容地观看四周的动静。他们一次又一次庆幸自己有大钢球坚硬船壳的保护。

一只前口蝠鲼在一扇舷窗外往深海船里张望。它两翼尖间的距离有6米多,身长几乎和翼尖间的宽度相等,整个身体看上去就像一扇仓库的大门。

蝠鲼不是食人兽,但还是会带来麻烦。它会浮到小船底下把它掀翻;它能腾空3米多,要是一条小船在它下坠时碰巧在它的下面,准会被它那两吨重的身体弄得船毁人亡。它的嘴巴足有一米半宽,尽管如此,它恐怕也吞不下深海船。不过,它对这个大钢球不感兴趣。它爱玩儿,此刻,它正围着大钢球撒欢儿,不时推它一两把,然后,又游走了。

"瞧——一条龙!"罗杰惊叫起来。看样子,那真像是一条龙,它翻腾着游进探照灯的灯光里,样子挺吓人。它身子足有9米多长,身体有点儿扁平,像牛腱子似的,不像蛇那样圆滚滚

---

① 亨蒂尔:是亨特的昵称。——译者注

的。它的小嘴和深陷的眼睛非常恐怖。但是，最特别、最令人惊叹的还是竖在它头上和脖子上的那些马鬃似的鬃毛。这些飘拂的鬃毛仿佛正在超自然的、神秘的海底之光中跳舞。两根匕首般锋利的长刺竖在头后。

哈尔说："海员们偶尔看见它贴着水面游动，还以为是大海蛇呢，其实，它真正的名字是龙桨鱼，因为它的身体扁平，像船桨。日落时，它浮到水面上，但白天却整天待在极深的深海，比如这儿。"

下一位过客是一条5米半长的刺鳐，这种鱼脾气暴戾，不管什么东西，只要挡住它的路，它都敢惹。现在，大钢球挡在它的路上，它立刻对它发起进攻。它像床毯子似的蒙在钢球上，想把它刺死。但它没达到目的。深海船继续上升，只不过速度慢多了，因为压在它上面的庞然大物太重了。

"要是我们能摆脱这家伙就好了。"哈尔说。

"开动船顶的喷气管吧。"罗杰提议说。

"好主意。"哈尔话音刚落，刺鳐已经被强大的气流顶了上去，离开了钢球。

真是妖魔鬼怪大游行啊！食人鲨慢吞吞地游过深海船，它是西太平洋的一种恐怖的怪物，是鲨鱼当中最凶恶的一种。它的身长足有12米多，长着很多排锯齿形的牙齿，它们锋利得像剃须刀。

"看，那边有条马鲛鱼。"哈尔说。

罗杰仔细观察了那条鱼。"这不是马鲛鱼，"他说，"马鲛鱼绝对长不了那么大。"

17 深海

"马鲛鱼有很多种,"哈尔说,"这一种叫大马鲛。这儿的人有另一种叫法——'海中之虎'。大多数马鲛鱼都与世无争,但这一种却老是招惹是非。游泳的人被它咬断了腿,还不知道咬他们的是什么东西,他们以为准是鲨鱼,其实,元凶往往就是这种'虎'。"

"哎呀,那边来的家伙才真叫刺激呢,"哈尔喊道,"我得给它拍张照片。"

"怎么啦,只不过是条鲨鱼呀!"罗杰说。

"是剑吻鲨,"哈尔说,"它的残骸化石在世界的许多地方都有所发现,但却从来没有人报道过发现活的剑吻鲨,所以,科学家们认为这种鲨鱼已经灭绝。可是,你瞧,它就在这儿,活生生的。博物学家们曾经断言许多生物已经灭亡或绝迹,但这些生物却仍然生存在世界的某些角落,隐藏在密林或海洋深处,剑吻鲨不过是其中的一种。"

他拍下了剑吻鲨的照片。人们以为有些生物已经灭绝了亿万年,但它们仍然活着。海洋生物书籍的作者们给这些生物列了个名单。哈尔的这张照片将使他们不得不在这张名单的末尾添上剑吻鲨。

还差60多米到水面时,他们用电话机与"魔毯"取得了联系。他们庆幸自己又回到了飞翼潜艇,那里头可比刚才那个大钢球里头宽敞舒适多了。

"你们下潜了多深?"一位地质学家问。

"一直到底。"哈尔说。

"为什么要一直下到底?"

"我们奉命这样做。狄克博士要我们看看海底那儿是什么样的。"

"但我们已经知道底下是什么样的了,"那位年轻的地质学家说,"什么也没有。在那么大的压力下,什么也活不了。皮卡德在下头拍过照片,照片上什么也看不到。"

"看看这些照片吧。"哈尔说。

在这些照片上,他们清楚地看到了四条比目鱼、红虾和罗杰起名叫"噩梦亨蒂尔"的那种长着羽毛状鳞片的鱼——科学的新发现。

"要不是亲眼看到这些照片,我怎么也不会相信。"驾驶员说。

"不过,这些都是小东西,"地质学家中的一位说,"看来,说深海底下可能有庞然大物的那些科学家都是胡说八道。"

"不全是,"哈尔说,"我们看到了鲸和巨鱿的一场厮杀,还有龙桨鱼和一条大蝠鲼,还有吃人鲨。"

"别忘了,还有刺鳐。"罗杰说。

"还有剑吻鲨。"哈尔说。地质学家瞪大了眼睛。

"你们准搞错了,"他说,"我见过剑吻鲨的化石照片,这种鱼在好几百万年前就灭绝了。"

"以前,我们都这么以为,"哈尔表示同意,"但是,看看这张照片吧。"

留在飞翼潜艇上的 3 个人兴致勃勃地研究了那些照片。

"嗯,依我看,"一位地质学家承认说,"向狄克博士汇报时,你们所掌握的情况很有一点儿分量呢。"

18 圣·乔治和龙

圣·乔治和龙

回到海底城，两个孩子又重新精力充沛地投入工作了。

他们创办了可以养殖优质食用鱼的渔场，"海下牛仔"——海豚守卫着渔场，防止鲨鱼侵袭。他们从缅因州运来最好的龙虾，办起了龙虾养殖场。新英格兰的优质牡蛎也在海底安了家，很快就能长很大个儿，长得比在美国或日本沿海比较寒冷的水域里快一倍。他们按日本人的方法把细小的沙粒放进牡蛎壳，生产人工培育的珍珠。他们发现了鲸的一个聚居点，给它们进行挤奶试验。鲸奶是一种饱含脂肪蛋白的营养丰富的食品。奶从挤奶器里流了出来，一条鲸一天能产奶一吨。鲸奶太油腻，不能直接饮用，但却可以用来烹制加工成其他食品，很有价值。

他们新发现的那种鱼被装进防腐瓶，由狄克博士送往美国博物学陈列馆。狄克博士坚持要把罗杰所起的名字"噩梦亨蒂尔"附上。博物学陈列馆接受了这个名字。一种新发现的鱼竟以他们的姓氏命名，年轻的博物学家们感到这比人们为自己竖起一块纪念碑还值得高兴。

狄克博士打电话把他们找去。"我只挑到你们一个毛病。"他说。

"什么毛病？"哈尔问。

"你们忽视了你们的两项工作中的一项。"

"什么两项工作？"

"一是为我们工作。这一项，你们确实已经干得很出色。另一项是为你们自己工作。你们似乎已经把这一项工作给忘了。从一开始，我们之间就有个不成文的协议，那就是除了为海底科学基金会服务外，还允许你们进行为约翰·亨特父子水族馆收集标本的工作。你们最好马上动手干第二项工作，不然，你们的爸爸该控告我占用了你们的全部时间了。"

"可谁来顶替我们呢？"哈尔问，"奥斯卡·罗契？"

"如果你认为他干得了的话。"

"我想，他干得了，"哈尔说，"我一直想教他干，只要我知道他能从洗碟子的活儿中脱开身，就把规则、诀窍告诉他。他会成为你的一位称职的博物学家的。"

一开头，哈尔不信任罗契而相信卡格斯，现在，他逐渐相信罗契了。

能从洗碟子工晋升为博物学家，罗契非常高兴。

哈尔兄弟开始动手干他们的第二项工作。他们收集珍稀动物的活标本，送到"飞云号"的货箱里，由"飞云号"运往布里斯班，然后，在布里斯班装上货船运往长岛的亨特动物养殖场。

他们的父亲将把这些活标本卖给一些大型水族馆，比如，圣地亚哥附近的"海洋世界"、洛杉矶附近的"海洋乐园"、佛罗里达海洋乐园、檀香山水族馆、夏威夷海洋生物公园，还有世界各地的许多类似机构。

3条色彩斑斓的扳机鱼就值1200美元。他们还逮到了一种非常罕见的鲨鱼，澳大利亚人给它起了一个古怪的名字——摆锣，

18 圣·乔治和龙

其他地方的人管它叫毯鲨。兄弟俩把它从海里拽上来时,它突然噼噼啪啪地爆响,活像来复枪。第一条摆锣还没等特得船长把它抓进货箱就噼噼啪啪地响开了。把另一条摆锣装进货箱时,他们拽得很慢,小心翼翼地把它拽上船,终于没有惊动鲨鱼,成功地把它装进了货箱。

双髻鲨是动物收藏家们梦寐以求的珍贵鱼种。它的头像把锤子,在鲨鱼世界中极其罕见,因此,一条双髻鲨的价格高达500美元。

"飞云号"所有货箱都装满了,哈尔估计,整个收藏的总价值接近10万美元。

狄克博士来到亨特兄弟屋里,他带来了一个坏消息。

"很抱歉,我们不得不请你们再帮我一把,"他说,"一条鲨鱼正在追杀我们的人。在过去7天里,它已经咬死了8个人。我们想把它吓走,可它似乎很愿意在海底城里安家。它在街道上游来游去,一见着它,行人就拼命奔回家去躲起来。人们不敢到商店去买吃的,工作人员不敢去上班。鲨鱼在城里横行无忌,为所欲为。它一个接一个地咬死我们的人,而我们却似乎拿它毫无办法。"

"我们又能拿它怎么办呢?"哈尔问。

"你们了解鲨鱼,我们对它们却一窍不通。我们的矿工会采矿,商人知道怎样做买卖,警察懂得警察应尽的职责……除了你们两位,没有一个人懂得有关鲨鱼的专门知识。我们需要你们帮忙,把这位不受欢迎的客人弄走,否则,它就要吃掉我们更多的人了。"

"是哪一种鲨鱼?"哈尔问。

"不知道。它的背部是蓝的,腹部是白的,身体细长而尖,鳃裂很长。身长大约7.6米,恐怕有一吨重。它闪电般向人冲去,有时用尾巴把人打倒后再咬。它的牙齿又大又尖,一口就能咬断一条腿或者一只胳膊。"

罗杰望着哥哥。"准是尖吻鲭鲨。"他说。

"对,"哈尔说,"您已经把它的模样给我们描述得很清楚,是尖吻鲭鲨。在这一带的沿海地区,人们管它叫吃人鲨,它的牙齿很可怕。您的那条鲨鱼的牙齿有10厘米长吧?"

狄克博士点点头。

"这是种残暴的鲨鱼,"哈尔说,"即使在吃饱了的时候,它也要袭击别的动物,不为别的,只因为它的本性凶残。您让我去对付鲨鱼家族任何别的种类都好说,但要对付这种鲨鱼,我们实在不敢担保,不过,我们会尽力而为。"

"我们也只能要求你们这么多。"狄克博士说。但从他的表情看,他似乎相信两个孩子能想出办法把那条吃人的家伙干掉。

狄克博士走后,罗杰说:"让我来干吧。"

哈尔吃了一惊道:"当然,你可以当我的助手。"

"不,"罗杰说,"你还有许多别的事儿要干。我们不能光为了跟一条鲨鱼玩儿就放下我们的日常工作。我一个人就行了。"

"这条鲨鱼可不同寻常,"哈尔提醒道,"尖吻鲭鲨是珊瑚海里最暴戾最难对付的猛兽。一个男孩子绝不是它的对手,只有男子汉才能对付它。"

罗杰发火了,"这么说,你以为你自己是男子汉啰,别忘了,

18 圣·乔治和龙

你只比我大 5 岁。"

哈尔恍然大悟,弟弟要求单独去对付尖吻鲭鲨是想证明自己已经不是一个孩子了。

他很不情愿地说:"好吧,你试试看。"

"你以为我干不了吗?"

"我没这么说。但是,如果你觉得你需要帮忙,请一定让我知道。"

罗杰从腰间皮带那儿抽出那把 30 多厘米长的刀子,动手在磨刀石上把刀刃磨快。

哈尔站在一边儿看着,感到莫名其妙,说:"你该不是打算用刀去对付那条鲨鱼吧!"

"为什么不?"

"不管你磨得多快,这把刀也刺不破鲨鱼的皮。"

"它肚子下面的皮很软。"罗杰说。

"可你已经试过一次,这一招行不通。"

"我没使足劲儿。要是我有一把快刀,再往刀把儿上使足劲儿,我相信,我能让它尝到我的厉害。"

哈尔知道再争辩下去也是没用的。

罗杰套上他的水中呼吸器、面罩和鸭脚板,从地板上的那个孔溜到外面。那条尖吻鲭鲨最有可能在什么地方呢?最有可能在梅恩大街。他顺着马鲛鱼街拐进科研街,在科研街往梅恩大街转的拐弯处停下来。

街角那儿有几个行人,却见不到鲨鱼。一些胆子稍大的矿工正去上班,几位主妇正要到商店去,无所事事的小伙子正在街上游游荡荡，跟陆地上那些游手好闲的小伙子一样，他们不能向过路的姑娘们吹口哨，但却可以往她们的呼吸器上的气箱扔石块或棍棒来挑逗她们。

五光十色的小礁石鱼绕着行人的头顶游。街上还有一些稍大的鱼，比如金枪鱼、鲭鱼，还有海鲈。有人想用手去抓它们，一个人抓住了一条，他的家人晚饭就有金枪鱼吃了。

几条鲨鱼游出来，但它们个头小胆子也小，肯定不会是那种吃人的家伙。

小鲨鱼游走后，罗杰终于看到那条尖吻鲭鲨顺着大街旁若无人地游过来。绝对错不了，背部是蓝的，腹部是白的，牙齿足有10厘米长。尖吻鲭鲨正瞪着大眼到处张望。

仿佛有人施了魔法，街上的行人霎时间无影无踪，人们急忙躲进离得最近的商店、房屋和公共建筑物。进了屋的人透过玻璃窗往外张望，打手势让罗杰赶紧找地方藏起来。罗杰也想像他们那样躲进屋里，但他身上有股力量促使他迎着越逼越近的敌人游上去。

他读过一些关于捕鲨人的书，为了吓走鲨鱼，捕鲨人往往勇敢地直迎着鲨鱼游去。罗杰也想试试这个办法。尖吻鲭鲨那对灯泡似的巨眼逼得越近就显得越大、越恐怖，罗杰惊骇得几乎全身瘫软。尖吻鲭鲨丝毫也没有退让或游开的意思，相反，它张开大嘴，准备把这顿美味的早餐吞下去。它那上五排、下五排的数以百计的牙齿，使狮子和老虎的利齿相形见绌。

一条从来没见过人的鲨鱼可能会胆怯，但眼前这一条不但见过人，而且在一个星期内吃掉了8个人，它知道人肉很容易吃到

18 圣·乔治和龙

口。等到罗杰意识到他不可能吓退这条庞然大物时,已经几乎来不及逃脱了。那10列由赤裸裸的利齿组成的"迎宾"队伍离他只有60厘米远了,他潜下去,溜到鲨鱼的肚皮下,仰着身体,手持尖刀用尽全力向那光溜溜的白肚皮扎去。

刀尖在鱼皮上只划下了浅浅的一道口子,鲨鱼游走了。

罗杰把刀插回刀鞘,游回家。

"干得怎么样?"哈尔问。

"运气不好。我使足了劲儿刺它,可它的皮太韧。我打算用梭镖试试,那毕竟是圣·乔治用来对付龙的武器,龙皮比鲨鱼皮更坚韧。"

这个古老的故事曾经使他非常着迷。故事里的那条龙吞噬了很多人,后来又要吃国王的女儿,圣·乔治怀着对公主温柔的爱,主动承担起征服恶龙的重任。他用梭镖戳透了龙的身子。恶龙死了,从此以后,圣·乔治和公主幸福地生活在一起。

现在,同样的事情又发生了,不同的是,吃人的家伙是鲨鱼而不是龙,而且没有公主。

罗杰用梭镖把自己武装起来,又出发了。那梭镖是最优质的钢材铸成的,镖尖像针一样尖利。不过,为了预防梭镖不起作用,他还带了一件备用武器——水下左轮手枪。

人们已经离开他们藏身的地方,梅恩大街又挤满了步行和游泳的人。当那条巨鲨再次在街上投下它的阴影时,他们又惊慌失措地四散逃命。一位俊俏的姑娘跑慢了一步,被鲨鱼咬住,眼看就要被那条大怪物心安理得地吞下去。她正好代替了传说中的那位公主,而圣·乔治——罗杰·亨特马上要去搭救她。

这一回，他无所畏惧，对那位姑娘的性命的关注使他勇气倍增。他把全身力气全部凝聚在锋利的梭镖尖上，直向鲨鱼扎去。鱼皮上连刀痕都没留下，而他的梭镖尖却被顶弯了。

他气恼地扔下梭镖，拔出左轮手枪。从一些报道中，他知道捕鲨人也曾向鲨鱼开枪，但他们的子弹却被巨鲨的盔甲弹了回去。他不相信这种故事。不管有多么坚韧，鱼皮能抵挡子弹吗？

他开枪了。子弹好像打在钢弹簧上，被反弹回来，打在罗杰的加重皮带的铅块上。子弹如果往上或往下偏几厘米，罗杰就没命了。

不过，子弹到底不是刀或梭镖，它总算惊动了鲨鱼。它松开口，放掉它的捕获物。姑娘蜷缩着身子躺在街上，水中呼吸器的面罩从她嘴上滑下来，几分钟后，她非窒息而死不可。罗杰想给她戴上面罩，但那姑娘失去了知觉，面罩戴不住。

他四面张望，想找人帮忙。鲨鱼又游回来了，离他们最近的藏身之处就是宾馆的出口。罗杰把姑娘从地板的孔拖上去，进了宾馆。在这儿，她用不着呼吸器也可以呼吸了。她慢慢苏醒过来，人们把她送往另一个房间。她已经被鲨鱼折磨得够呛，该好好休息一下了。

那位被打败了的"圣·乔治"垂头丧气地从宾馆的窗户往外瞧，他那位得胜的敌手正在玻璃窗外用鼻子到处嗅。罗杰不再觉得自己像圣·乔治了，他没料到事情会这么棘手。

他又想出了一个主意。他知道尖吻鲭鲨是个跳跃能手，据说，它能跃出水面3到4米。当尖吻鲭鲨被人惹恼了的时候，怀着对人的仇恨，它会故意高高地跃起，然后，落到一条小船上，

18 圣·乔治和龙

把船砸成两半,让船上的人淹死。

有时,这种跳跃也会使尖吻鲭鲨丧命。如果它在沙滩附近腾空跃起,很可能会落在沙滩上,无论怎么扭动挣扎,也回不了大海,过不了多久,就干死了。

要是他能使这条尖吻鲭鲨高高地跳起来——但这儿可没有沙滩。这宾馆的大堂怎么样?地板上的"正门"比所有房子的门都大得多,大堂的天花板也是海底城全城最高的。如果能引诱尖吻鲭鲨跳进这间充满空气的大堂,落在地板上,再也出不去,它可就完啦。

宾馆的经理恐怕不会喜欢这个主意,但罗杰不打算去征求他的意见。

他怎样才能把鲨鱼引进来呢?他只好拿自己去充当诱饵了。他从"大门"跳进水里,往外游到鲨鱼看得见的地方。尖吻鲭鲨正在窗玻璃上用鼻子探路想钻进屋里。一看见罗杰,它马上停下来,跟着罗杰游到宾馆下面。罗杰爬进大堂,鲨鱼在离他只有一米左右的地方跟着。

尖吻鲭鲨像火箭腾空似的从地板上的孔跳进宾馆,重重地落在地板上。大堂里的宾客赶紧悄悄溜走,空旷的大堂里只剩下罗杰和那条凶残的鲨鱼。

海底城里的这只吃人的妖魔马上就要完蛋了,罗杰心里充满胜利的激情。现在,人们可以说,这妖魔一死他们就可以平安地来来往往了,用不了多久了。罗杰舒舒服服地在一把安乐椅上坐下来,等着看那孽畜完蛋。

但是,尖吻鲭鲨并没有完蛋。它挣扎了一会儿,使劲儿拍打着它那条仍然泡在水里的尾巴，一寸一寸地把身体从地板上的孔拖出去。罗杰束手无策地看着它溜进海里游走了。

灰心丧气的捕鲨人回到家里。

"抓住它了吗？"哈尔问。

"倒霉，"罗杰说，"我想用激光试试。我们怎么没早点儿想到用这玩意儿呢？"

"因为想到了也不中用，"哈尔说，"我们的激光器械只不过是一套小设备，它只能击毙蓝马林鱼、红鲔、旗鱼或者其他像它们那么大的鱼，对一条七八米长的鲨鱼它不起作用。我看，在这场角斗中，能做到的你几乎都做了，你不得不承认，尖吻鲭鲨赢了。"

"我猜，你该说：'我早就说过……'"罗杰心酸地说。

"我绝不会说那样的话。我认为你在这场角斗中表现得很英勇，你不必感到羞愧，因为让一个身高只有1.52米的男孩去对付一条七八米长的恶鲨实在是太过分了。"

但罗杰不肯服输，他在绞尽脑汁想办法。一定得想出点子来智胜那坏蛋。不一会儿，他兴奋得两眼发亮，他又有主意了。

"我再用一样东西试试。"说着，他从门孔跳进水里。

他又来到梅恩大街，走进一家门口挂着"矿工用品"牌子的商店。商店四壁挂满采矿工具，锹呀、淘盘呀、镐呀、测量重力、电流的仪器呀，地磁仪呀，比重计呀，还有分光镜。但是，罗杰却看不见他需要的东西。

"你们没有爆破器材吗？"

"当然有，"商店的售货员说，"我们锁起来了。不过，我们

18 圣·乔治和龙

不卖爆破器材给小男孩。你要爆破器材干什么？"

"爆炸。"

"炸什么？铜矿、铅矿，还是锡矿——到底炸什么？"

"鲨鱼！"罗杰说。

售货员把眼睛瞪得老大，叫喊道："鲨鱼？"

"就是正在城里咬死人的那一条。"

售货员犹豫了。"这一切听起来非同一般，"他说，"你得到谁的许可了吗？"

"打电话问问狄克博士吧！"罗杰提议。

售货员向电话走去，拨通了狄克博士的电话，"这儿有个小男孩要买爆破器材去炸一条鲨鱼。"

"哪个小男孩？"狄克博士问。

售货员转过头问罗杰："你叫什么名字？"

"罗杰·亨特。"

"他的名字是罗杰·亨特。"售货员对着电话说。

"他要什么就给他什么。"狄克博士说。

售货员放下电话对罗杰说："刚才，你怎么不告诉我你叫亨特？这儿的每一个人都知道你和你哥哥一直在干什么。"他打开保险柜，柜里装满了新发明的意味着死亡的玩意儿。他拿出一个模样像钢球、侧面有一个定时器的东西来。

"我想，你的鲨鱼不会待在那儿等着给人炸死，所以，你不可能用插座接通电流引爆。你可能需要一种自动的玩意儿，像这一个。提前拨好定时器，这样，在它爆炸之前你就有时间隐蔽起来了。"

"我要的正是这玩意儿,"罗杰说,"我该付多少钱?"

"一分钱也不要。那条鲨鱼咬死了我的两位朋友,如果能干点儿什么帮你们把它除掉,我们实在太乐意出力了。"他把那个钢球装进一个防水的口袋里,交给他的这位年轻的主顾。

接着,罗杰来到一家肉店,"我要一大块肉,好把这玩意儿埋进去。"

肉店老板莫名其妙,他从来没见过这样买肉的。"嗯,我不知道有没有……我来看看。不管你把它埋到什么样的肉里,它似乎都会掉出来,除非——来只乳猪怎么样?你可以把你那玩意儿从它喉咙那儿塞下去,不会掉出来。"

"好哇。"罗杰说。

肉店老板从冷库里取来一只宰好的乳猪。罗杰一只胳膊底下夹着那个钢球,另一只胳膊夹着乳猪走出了肉店。

肉店老板看着他的背影直摇头。"闲疯了!"他说。

罗杰等了大半个钟头,那条鲨鱼才顺着梅恩大街慢吞吞地游来。他赶紧行动起来,把乳猪放在街中心鲨鱼肯定会注意到的地方。防水口袋是透明的,他用不着把它取掉就能看见拨定时器的旋钮。他拨好定时器,让炸弹在5分钟之内爆炸,然后,连口袋一起把炸弹从乳猪的喉咙那儿塞下去,直塞进它的大肚子里。

别的人已经匆匆忙忙地躲进了安全的地方。这回罗杰也跟他们一样躲起来了。他躲在一家商店的橱窗后面,注视着外面。

吃人鲨顺着大街不紧不慢地游着,寻找着牺牲品。一看见那头乳猪它就猛扑过去,一口把它吞掉。

罗杰看了看手腕上的防水表,两分钟已经过去了。他希望鲨

18 圣·乔治和龙

鱼一直顺着街道游下去,离开去街心,在那儿爆炸伤不着人,也不会炸毁房屋。

可是,那条大鱼却不游走,它这儿嗅嗅,那儿嗅嗅。显然,在刚刚品尝过一口鲜嫩食物后,它又在搜索另一口美味。

再过3分钟,那玩意儿就要爆炸了。

如果鲨鱼一直待在空旷的街心,罗杰就用不着这么担心了。但眼看鲨鱼慢慢逼近房屋,他不由得紧张起来。

只剩两分钟了,那条巨鲨还在肉店的下面探头探脑。

只剩一分钟了。

鲨鱼游到肉店隔壁的商店下面,罗杰和另外几个人就躲在里面。罗杰真后悔自己怎么想起来干这么一件蠢事。如果商店里的人给炸死了,那就是他的罪过了,他永远也不会原谅自己,别人也永远不会原谅他的。他感到背上的冷汗直往下淌。

只剩50秒了,40秒、30秒。那炸弹到底有多大威力?它会炸毁这座楼房,把里头的人炸死吗?

只剩20秒了。

找不到别的乳猪,鲨鱼又慢悠悠地游回街心。炸弹爆炸了,发出一声沉闷的声音。罗杰的办法立竿见影,海底城的吃人鲨翻转肚皮,慢慢沉到海底,白色的肚皮上炸开了一个木桶大的口子。这肚皮曾经是那样坚韧,刀子、梭镖和子弹都没能穿透。

人们开始从炸开的口子里掏鲨鱼身体里最宝贵的器官,这些器官使一条巨鲨的身价高达7000美元。

巨大的鱼肝给掏出来了,差不多整整45千克。从这种鱼肝中可以提炼出一种价值很高的油和维生素A、维生素D。

鲨鱼皮能制成精美的皮革，牙齿可以用来制造剃刀、武器以及外科手术器械。用它们还可以制成服装上的饰物。鲨鱼鳍可以送到中国去烹制有名的鱼翅羹，它的软骨（鲨鱼没有真正的骨头）将会变成一种高蛋白食品，鱼鳔可以制成鱼胶，鱼胶可以制成胶或别的黏合剂。鲨鱼的巨口被海底城古玩店的店主拿走了。有人曾经说过猪浑身是宝，鲨鱼也一样，除了它呼出来的气体之外，确实浑身是宝。

鲨鱼心也掏出来了，它被那个发现它的人捧在手上，还在跳动。这种令人惊叹的动物身上有许多令人惊叹的地方，这就是其中之一——鱼死了之后，心脏仍然跳动。著名的水手和作家阿·海耶特·维里尔曾报道说，在西尔瓦暗礁那儿捕获了一条4.6米长的虎鲨。当这条鲨鱼的心脏被水手们传来传去时，它不停地跳动，甚至被扔上甲板以后，还继续跳动了一个多钟头，直到猛烈的阳光把它的表皮晒干晒皱了，它才停止跳动。

不过，这也算不得什么奇迹，想一想吧，蛇死后很长时间还会扭动，亚马孙河的锯齿鲑，头被剁下来后很久还会用它那些凶狠的牙齿咬人。

这条尖吻鲭鲨身上真的还有一样活东西，那是一条鲫鱼，或者叫吸盘鱼。这种鱼惯于用它那吸盘似的嘴夹住大鱼的皮搭顺风船。但是，这条鲫鱼更不同寻常，它在鲨鱼的口里，粘在鱼舌头上。人们把它拽下来给了一个小男孩，男孩把它拿回家，让家里人晚饭时煮着吃。

这孽畜吃掉的那8个人怎么样了？他们踪迹全无，连骨头都找不着了。鲨鱼的胃酸很厉害，几个钟头就能把骨头溶化掉。

18 圣·乔治和龙

但是，在鱼腹里却发现了这条恶鲨的大量罪证。在它的胃里，不但发现了瓶子、罐头盒、大块的厚木板和废铁，还发现了手镯、项链、长头发、一副眼镜，还有葬身鱼腹中的人穿戴的许多其他物品。

一个女人认出一把属于她丈夫的大猎刀，她一把抓起来，又连忙把它扔掉，好像被火烫了手一样。鲨鱼胃液中的盐酸非常厉害，人的皮肉一碰着立刻会被烧焦。那个女人用海草把刀包着，悲悲切切地拿回家去。

鲨鱼肉被切成一块一块，由市长分发给南海诸岛来的工人，这些工人不像美国人那么讨厌鲨鱼肉。

旅馆的一位女宾目睹这血淋淋的场面，双腿发软，几乎站立不稳，她转身要回旅馆。海底城的市长忽然注意到只有她一个人仍旧两手空空，他应该给她点儿什么。他把那颗正突突跳动的大心脏塞到她手里。

看脸色，那位女士似乎马上就要晕过去。她不能拒绝这一馈赠，那样会使市长感到尴尬。她苦笑着，战战兢兢地捧着那颗心穿过人群。

另一个女人正盯着那颗心，似乎很想要。那位精神高度紧张的女宾巴不得能马上摆脱那玩意儿，她连忙把那颗鲨鱼心送给了那个女人，女人高高兴兴地把它拿回家去。那颗心很可能会一直跳动，直跳到被煮成晚饭上的菜肴为止。在海底城里，要弄点儿鲜肉很不容易，又有什么肉能比这颗跳动着的心更新鲜呢？

19

金子

哈尔一个人独自坐在玻璃吉普里指挥着他的"牛仔"们——给龙虾养殖场当警卫的海豚——干活儿。

它们绕着养殖场兜圈儿,赶走海中强盗——那些把龙虾当成它们的美味佳肴的大鱼。连鲨鱼也害怕海豚的敏捷进攻和锋利的牙齿。

哈尔看见一条撞鱼在干活儿。这种鱼的活标本很难碰上,他一定要抓住它。撞鱼的头硬得像汽车的保险杠,它会飞快地冲向一堆珊瑚,猛撞过去,把一块珊瑚撞下来嚼碎。不是因为它爱吃珊瑚,而是因为藏在珊瑚块里的那些微小的活珊瑚虫是它爱吃的食物。

眼前这条撞鱼已经把一块块拳头大的珊瑚撞下来嚼碎,正在吃那里头的微生物。

哈尔溜出吉普,悄悄地游过去,以免惊动它。他一把抓住撞鱼,迅速放进一只盛满海水的塑料袋,然后游回吉普,坐下来仔细观察他的俘虏。

撞鱼在塑料袋里乱蹦乱撞,万分激动不安,把口中嚼碎了的珊瑚石喷得到处都是。哈尔看见珊瑚石的碎粒之中有一些闪闪发光的颗粒很像金子,吃了一惊。

他再仔细看了看海底的那座珊瑚小丘,撞鱼刚刚在那儿美美

19 金子

地饱餐了一顿。那些小小的珊瑚虫为什么选择了这个地方做窝呢?这个地方几乎被沙子完全覆盖着,那条撞鱼为了把珊瑚虫吃到口肯定已经把一些沙子扒开了,这座小山丘是什么东西垒成的?珊瑚底下是不是有一块巨石?或者只有一大堆沙子?

他打开激光机,把激光束射在那座古怪的山丘上。激光机上的刻度盘立刻显示,那座山丘下确实有一些很坚硬的东西。

他用激光机沿着那堆硬东西的边沿扫描了 30 多米,硬东西就没有了。他又扫描另一头,直到扫描不到那种硬东西为止。

那堆东西的形状像一艘船,它肯定是一艘船。这不奇怪,因为这一带的水域很危险,有很多的船只在大堡礁附近的珊瑚海里失踪。

但是,那些金子又怎么解释呢?

他想起来了,一个世纪以前,澳大利亚有过一次大淘金热,世界各地的船只蜂拥而至。仅仅一年,价值成亿美元的黄金就被装上轮船,运往欧洲和美洲。一些船只没有完成它们的航程,它们在大堡礁的风暴中沉没了。那时候,潜水员还潜不到那么深的海底,因此,不可能有人把它们打捞起来。

哈尔兴奋得几乎透不过气儿来,他拿了把锤子游出去,敲下几块珊瑚石。每块珊瑚石里头都有那些闪着金光的东西,那是金矿粉末,装金子的口袋已经完全腐烂不见了,金粒散落在沙子里成了正在形成的珊瑚石的一部分。

再挖深一点儿,他发现了一根大约 30 厘米长的纯金条。接着,又一根接一根地挖到金条。这太令人难以相信了,哈尔感到有点儿头晕目眩。他搂起一抱金条向吉普游去。在这样的深海里，金条轻得像柴火，只是在他想把它们举起来，放进吉普时，他才感到它们的真正重量。

他给上面"飞云号"的特得船长打电话。

"把真空吸管放下来。我发现了一些相当精彩的东西。"

他迫不及待地等着那条真空吸管垂下来。

"推上电门。"

"是什么东西？"特得船长问。

"沙子。"

"可你刚才说是相当精彩的东西？"

"是的。但是，要得到沙子下面的东西，我们得先把沙子清除掉。"

"沙子下面是什么？"

"金子。"

"哎呀，这网鱼可是大得惊人啊！"船长惊叹道。

沙子清干净了，沉船的残骸一览无余。打这条船来到海底以后，整整一个世纪过去了，船上的东西大都已经腐烂、失落了，只有坚固的舷壁和龙骨还在。在海底过了一个世纪，装金子的口袋烂掉了，装金条的箱子盒子也都没有了。不过，这无关紧要，要紧的是金条还在。

哈尔一时不知道该怎么办才好。他是不是应该马上去向狄克博士汇报？干吗非得向他汇报？现在，他不是在给狄克博士干活儿，他可以自己做主。沉船不是在海底城的领域里发现的，它离海底城有3000米远。

这儿是澳大利亚的水域，在这儿发现的财宝一半应该归发现

19 金子

财宝的人，另一半属于澳大利亚政府。

他是否应该通知澳大利亚的官员，让他们派一位视察员来考察这笔海底财宝，并安排把属于政府的那一份运走？

他知道，各国政府的工作效率都很低，可能得等好几天，甚至好几个星期视察员才会来，然后，又过好几天或者好几个星期，政府才会派船来把金子运走。

在这段时间里，发现金子的消息将会公之于众，盗贼就有可能来把金子偷走。他正考虑这个问题，突然看见一艘海底城的小潜艇驶过来。他认得那是墨林·卡格斯牧师的轻便潜艇。潜艇挨着哈尔驶过，卡格斯向他招招手，又继续往前驶去。

哈尔松了口气儿，他以为卡格斯没注意散落在海底的东西，但他错了。

卡格斯所看见的东西足以打动他的好奇心，小潜艇又驶回来，潜下去围着沉船兜圈儿，然后浮上去开走了。

哈尔知道该怎么办了。既然信不过卡格斯，他就应该找个地方放好这些金子，使它不能成为对卡格斯或任何其他人的诱惑。他应该把它装上"飞云号"，让特得船长和他的船员们守着它，直到澳大利亚政府派视察员来为止。

用什么办法把金条弄到船上去呢？海豚拖得动，但每回只能拖几条。这活儿确实只有杀人鲸"大小子"才干得了。一般来说，"大小子"喜欢待在他们家附近。

哈尔把吉普开回家告诉罗杰他看到什么，罗杰吃惊得瞪大了眼睛。

"哎呀——我也想看看。我跟你一起去看看。"

19 金子

"好哇,"哈尔说,"你可以帮我的忙。"

"你跟狄克博士说了吗?"

"没有必要,"哈尔说,"不过,我想我最终还是要告诉他的。"

他拨通了狄克博士的电话,给他讲述了那条沉船和船上装的东西。

"沉船在哪儿?"狄克博士问。

"离这儿大约3000米。"

"好吧——谢谢你把这事儿告诉我。说实在的,这不是我的事儿,那条沉船在我们的领海以外。记住,你现在是在为你们自己工作,不是为我。祝你好运。"说完,他挂断了电话。

哈尔说:"他真是个大老实人。"

哈尔和罗杰回到沉船那儿,"大小子"鲸跟在后面。

快到沉船时,他们看见了另一个人。一艘单人潜艇正在那儿转悠,卡格斯本人就站在那艘沉船的舷壁上盯着那些金子。几条被海豚拦在龙虾养殖场外头的鲨鱼从他头顶游过,卡格斯正贪婪地盯着那堆财宝,根本没注意到鲨鱼。

一条鲨鱼可能因为吃不着龙虾正憋了一肚子火,它突然冲下去一口咬住卡格斯的肩膀。

"走哇!"哈尔说。他和罗杰一起从吉普跳下水,游过去救那位倒霉的传教士。他肩膀上的血染红了海水,他的呼吸面罩滑了下来。即使鲨鱼不咬死他,他也得被憋死、淹死。

罗杰已经知道他不可能用刀或梭镖扎穿鲨鱼的皮,就是子弹也打不进去。但他知道,鲨鱼的鼻尖是它身上最薄弱的部位。当然，要把这畜生弄死，光戳它的鼻子是不行的。但是，很多潜水员用棍棒猛击它的鼻尖，却能把它赶走。

罗杰没有棍子，他抓起一根金条，使足全身的劲儿往那家伙最薄弱的地方猛击。

鲨鱼丢下卡格斯游走了。传教士歪倒在海底，失去了知觉。如果再吸不到空气，他一会儿就会溺死。哈尔托着他的头，罗杰站在他的两腿间抬着他的腿。他们就这样把传教士抬进了吉普。哈尔把他肚子里的水压出来，对他进行急救。他开始呼吸了，慢慢苏醒过来，睁开双眼，呆呆地望着哈尔和罗杰。他还没弄清到底发生了什么事。

愣了一会儿，他注意到自己的肩膀在冒血，这才想起刚才的事儿。

"那孽畜几乎要了我的命。我猜，是你们救了我。"

他闭上眼睛，过了好一会儿，又睁开眼睛说："你们干吗要救我？在那个荒岛上，我那样对待你们。鲨鱼要把我当饭吃的时候，你们为什么要阻拦它？"

哈尔正在用消毒纱布和药膏给他包扎肩膀上的伤口。

"我不知道，"他说，"那时候，我们想必认为你是值得救的。"

"你们真是宽宏大量啊。"卡格斯说。他一只手拉着哈尔，另一只手拉着罗杰，"现在，我们是朋友了，对吗？过去的一切就让它过去吧，对吗？"

"对。"哈尔说。

罗杰既不说对，也不说不对。

19 金子

"我知道，你们发现了一笔财宝，"卡格斯说，"你们打算拿它怎么办？"

"弄到上头去。"哈尔说。

"弄到你们的船上？"

"对。"

"我来帮你们弄，"卡格斯说，"只有那样做才能表达我对你们的感激之情。"

"你最好还是再歇一会儿……"

"不，不。我已经好了。咱们这就走吧。"

孩子们倒宁愿不要卡格斯帮忙，但那家伙似乎很迫切要证明他是他们的朋友，他们不好拒绝他。

哈尔给特得船长打电话："注意那条鲸，它要把金条送上去了。用吊车把金条吊上船，堆在船舱里。"

就这样，哈尔、罗杰和卡格斯一行3人向着沉船潜下去。哈尔拿着一根结实的绳子。"大小子"一看见这根绳子就猜到这活儿是它的，它马上游过去。

绳子的一头打了个圈儿套在它的脖子上，另一头捆了大约半吨金条。强壮有力的鲸没费什么劲儿就把这捆货拖到水面，"飞云号"上的吊车把货吊上了船。

"大小子"拖了一趟又一趟，一直把找到的金条全都搬上了船。

卡格斯回到他的潜水艇里，友好地朝兄弟俩招招手，飞快地开走了。

哈尔和罗杰返回玻璃吉普。哈尔打电话给船长说："金子全搬上去了，特得。下一步该把视察员找来。我这里的电话不通凯恩斯，你的可以。请给凯恩斯的警察局局长打电话，请他往布里斯班发电报请求派一位视察员来。"

"我希望他赶紧来，"船长埋怨道，"这条船快要沉了，你明白吗？那玩意儿太重了。这会儿要是赶上坏天气，我们可能也得沉到海底里去。"

20

杀人犯露出真面目

第二天上午,狄克博士那儿来了位客人。他是个年轻人,褐色的皮肤,显然是个波利尼西亚人①。

"请坐,"狄克博士亲切地说,"找我有什么事吗?"

"我叫塔洛,"年轻的陌生人说,"是北边一个岛上的人,那岛叫波纳佩岛。"

"我知道那个岛,"狄克博士说,"是什么风把你给吹来的?"

"找活儿干。我是大约一个星期以前来的,采矿工程师雇用了我。昨天,我上教堂,认出了那位传教士。"

"哦,尊敬的卡格斯先生。你以前见过他吗?"

"见过,在波纳佩岛。我怀疑,你是否了解他。"

"什么意思?"

"他到底是什么人?"

"嗯,我所知道的都是他自己告诉我的。他曾经在南海诸岛待过几年。"

塔洛说:"他是杀人犯,盗宝贼。犯了两起杀人罪后,他坐过很长时间的牢。出狱后,他假装已经悔改,改名换姓,叫阿基伯德·琼斯。他到处流窜,见什么偷什么。他开枪打死了我的一

---

① 波利尼西亚人:太平洋群岛上的居民。——译者注

位朋友。他跟两个孩子一起到一个荒岛上去，却把他们扔在那儿等死。孩子们死里逃生，好不容易捡回了两条命。我寻思，应该让你了解这些情况。我相信，在了解他这个人以后，你绝不会再雇用他。"

狄克博士细细端详着塔洛的脸。看来，他是诚实的，但谁说得准呢？波利尼西亚人是非常富于想象力的民族，也许，他说的一切实际上全是没影儿的事儿，完全是他编造出来的故事。

他对塔洛说："我希望你明白，你所指控的是十分严重的罪行。我会对你讲述的事情进行调查。如果你说的全是真的，我将会十分感谢你让我了解这些情况。如果是假的，你就会被解雇。"

"这很公平。"塔洛说。

塔洛走后，狄克博士给卡格斯打电话，"你要是不忙的话，能不能到我这儿来一下？"

"当然可以，"卡格斯说，"现在我很忙。不过，我可以为你腾出几分钟来。"

他来了，狄克博士说："很抱歉，打断了你工作。到我们这儿来的时候，你是不是已经把你的情况全都告诉我们了？"

卡格斯吃了一惊，说："我不明白你的意思。当然，我已经把我认为你们感兴趣的一切都告诉了你们。"

"你见过阿基伯德·琼斯牧师吗？"

卡格斯瞪大了眼睛，"什——什——么？"他结结巴巴地说，"这名字很陌生，我想，我从未有过认识这位先生的荣幸。"

"那么，你现在可以有了，我来给你讲讲他的情况。他长得非常像你，但他过去时运不济。他杀过两次人，坐了很多年牢，

20 杀人犯露出真面目

获释后,他改名换姓到南海诸岛,像传教士那样到处向人们讲道。既然你曾经在那些岛上当过传教士,我想,你可能见过他,特别是当你照镜子的时候。"

卡格斯气得满脸通红,"这是谁告诉你的?"他质问道。

"这无关紧要。关键的问题是,这是不是事实?"

卡格斯明白要否认是不可能的,狄克博士全都知道了。

"是真的,"卡格斯承认了,"那又怎么样?一个人做错了事进了监狱,这很平常嘛。他出狱以后,决心重新做人,这种例子也不少。这样的人应该得到改过自新的机会,为了他所犯的错误,他已经付出了代价。关在牢房里,他有时间去思考,有时间去改正。出狱时,我已经完全换了个人,我只想干好事。我唯一的愿望是为贫苦、穷困的南海诸岛人祈求幸福。打那以后,我一直在做好事。"

狄克博士笑起来,"这些话听起来倒挺不错。一个曾经为自己的罪过付出代价的人当然应该再有一次机会。不过,在已经成为献身宗教的神职人员以后,你一面给岛国人民讲道一面还到处偷窃这些人的财物,这又怎么解释?你真的改过自新了吗?你所犯下的这些新罪行又是怎么回事?"

"什么罪行?"

"你策划谋害两位年轻人,把他们丢在一座荒无人烟的岛上,以为他们在那儿会饿死、渴死。你还枪杀了一位波纳佩岛人。我毫不怀疑,那个制造大堡礁塌方几乎把我们的两位博物学家砸死的人就是你。这些难道都是一个已经改过自新的人的行为吗?"

卡格斯从椅子上跳起来,挥着拳头说:"这些事都是谁告诉

20 杀人犯露出真面目

你的,说!不然,我把你的脸揍扁。"

"你敢!"狄克博士说,"你给我乖乖地从这座房子滚出去,滚出海底城,永远不要再回来。"

"谁跟你说的?"卡格斯大喊。

"这不关你的事儿。"

"这就是我的事儿。你不说也没关系,我知道是谁说的。我不会放过他!"他怒气冲冲地吼叫着出去了。

他径直朝他和哈尔、罗杰合住的那幢房子走去。向狄克博士告密的那个人准是哈尔,说不定还有他弟弟的份儿。卡格斯真想把他们俩都给宰了。

但是,转过马鲛鱼街的拐角时,他已经冷静多了。这两位年轻人的力量和勇气他都领教过,他可不是他们俩的对手。即使只有哈尔一个人在屋里,他也打不过他。他得另想办法来报复这两个搬弄是非的家伙。

他想到"飞云号",那条船上装着的珍稀鱼类,价值10万美元;还有那些金条,它们的价值简直无法估量,也许,价值数百万美元。

所以,到进屋时,他已经满脸笑容满嘴甜言蜜语了。他兴高采烈地和兄弟俩打了个招呼。

"狄克博士找你有什么事儿?"

"哦,他要给我加薪,我谢绝了。我到这儿来不是为了钱,而是要尽我的能力为人民造福。"

他走进房间,几分钟后,拎着一个口袋出来了。

"看样子,你要出远门儿。"哈尔说。

"不,不是,我只不过上教堂去。"

"上教堂干吗要带着口袋?"

"给他们带点儿东西。"

他笑着出去了。

"这家伙总算不赖。"哈尔说。

罗杰摇摇头,说:"谁知道他葫芦里卖的什么药。"

卡格斯登上了他的小潜艇。他知道,他得慢慢地往上浮,一下子猛冲上去会得气栓病。

上浮15米左右,卡格斯停下来,打开舱门放走一点儿氦气,他的身体在慢慢适应逐渐变低的压力。尽管他急于在诡计被揭穿之前浮到水面上去,他还是等了很长一段时间才继续上浮。

又上浮了15米左右,他再次停下来。

第三次上浮以后,只差大概15米他就要到达水面了。好不容易熬过了这最后一次令人烦躁的等待,他终于浮出水面,看见了"飞云号"。他把潜艇开到"飞云号"船边的绳梯跟前,从潜艇钻出来,爬上"飞云号"的甲板,让他的潜艇随波逐流漂到哪儿算哪儿。

甲板上一个人都没有。

他顺着升降口来到船长室,敲了敲门。一个沙哑的声音说:"进来。"他从口袋里掏出左轮手枪,推开门走进去。

看见他拿着枪,船长连忙伸手去掏自己的枪,正在这时,卡格斯的枪响了。卡格斯有意不击中船长,驾驶"飞云号"还用得着他呢。

特得船长认出了这家伙,哈尔曾给他讲过他的情况。"墨

20 杀人犯露出真面目

林·卡格斯,你要干什么?"

"如果你不认为,"卡格斯说,"掉了脑袋你会显得更漂亮,就按我说的去做。到甲板上去,马上开船。"

"我开不了,"特得船长说,"我的人都不在船上。"

"上哪儿去了?"

"上礁石那边打鱼去了。"

"那更好,"卡格斯说,"我可以少打死两个。"

"你以为我一个人驾驶得了这条船吗?"

"别担心,我能帮忙。我在一条船上当过大副,那条船跟你这条破船差不多。"

船长爬上甲板,卡格斯寸步不离。

"上哪儿?"特得船长问。

"上凯恩斯北面,随便找一个僻静的小海湾,一个不惊动警察就能把这些东西弄上岸的地方。不过,得挨着铁路。"

船长抬头看了看,船帆正在风中懒洋洋地摆动,"不行,"他说,"风向不对。"

"别耍花招,"卡格斯号叫道,"风向是对头的。何况,你还有一部备用发电机。"

船长上下打量着卡格斯,"你真的要带上这些东西逃跑吗?显然,你知道这条船上装的是什么货。这上头的东西有一半属于澳大利亚政府,你难道不知道吗?挟带政府财物潜逃要被判终身监禁,除非亨特兄弟先把你给杀了。"

卡格斯哈哈大笑,"我不怕政府,也不怕亨特兄弟。那两个小家伙斗得过我吗?以前,我杀过人,现在还可以再杀人。不

177

过，目前没这个必要。等他们知道这件事，已经追不上我了……好啦，啰唆够了，快开船。"

"首先，"特得船长说，"你得到前头去起锚。"

卡格斯走到船头。船长悄悄侧身往舱壁电话那儿挪，得马上把这儿发生的一切通知亨特兄弟。可是，没等他抓起话筒，卡格斯突然转身开了一枪，电话机的碎片撒得满甲板都是。

"我希望你放明白点儿，我会使这家伙，"卡格斯拍着手中的枪说，"上次没打中你，那是故意的。下次我可不会再打偏了。至于这条破船，必要时我也能驾驶。你再胡闹，我可就不客气了。记住，现在这儿的老板是我，你只不过是船长。"

起了锚，扯起帆，小船起航了。

"不够快，"卡格斯说，"打开备用发电机。"

"走得太快不安全，"船长提醒道，"前头暗礁太多。"

"我是指挥，"卡格斯吼道，"打开备用发电机。"

特得跳进轮机房，按卡格斯的吩咐做了。从轮机房到他的船长室有一条通道，他穿过通道进入船长室，在航海日志前坐下。他要把这一事件记在航海日志上，这样，无论他出了什么事儿，人们日后都能从他留下的书面证据里知道是谁偷了这条船并杀害了他。

门开了，卡格斯闯进船长室。

"你又搞什么鬼？"他厉声问道。他从船长背后看见航海日志上有自己的名字。"又在耍花招，"他说，"上甲板去！快！"

卡格斯一把抓起航海日志，紧跟着船长上了甲板。他走到船栏边，翻开航海日志，把第一页撕成两半，扔进海里。他不停地

20 杀人犯露出真面目

撕着,把日志的每一页都撕碎扔进海里。船长强忍着痛苦沉默着。对一艘船的船长来说,最神圣的莫过于他的航海日志了。

两个被"飞云号"丢下的人钓鱼回到船原来停泊的地方,发现他们的船不见了。是因为船上的货太重沉没了吗?他们看见了漂在海面的纸屑,捡起一片细看。纸是从船上的航海日志里撕下来的,纸屑成排地往西北方向漂,显然,船朝那个方向开走了。

"汤姆,你说这到底是怎么回事儿?"

"事情很明白,"汤姆说,"船上装满了财宝,他顶不住它们的诱惑开船跑了。"

"谁?你指的该不是船长吧?"

"还能是谁?"汤姆说,"刚才,船上只有他一个人。"

"我绝不相信他会干出这种事情来。"

"我知道。但是,依你看,还能有别的可能吗?"

"好啦,我看我们首先得马上通知哈尔。"

"怎么通知?你以为我们这条救生艇上有电话机吗?哈尔在60多米深的海底。没有水中呼吸器、没有气箱,我游不到那么深的地方,你也游不到。"

水手在瞭望天边。"它在那儿!"海底科学基金会的"发现号"就在离他们约莫5千米的海面上。

"他们有电话。船顺风,我们真走运。"

他掉转船帆,放下帆脚索,以便充分利用这股微风的力量。小艇飞快地向"发现号"驶去。上船后,他们找到了船长。

"我们是'飞云号'的。"汤姆说。

"欢迎啊,小伙子们,在我们这儿请别客气,就像在你们自己的船上一样。"

"不,这不是一次礼节性的拜访。我们的船不见了。它出发的时候,你们看见了吗?"

"没看见。我们那时正在舱里忙呢。"他举起双筒望远镜搜索"飞云号"原先停泊的那片海面。

"我们想给哈尔·亨特打电话。"汤姆说。

"对,你们应该那样做。电话在那边。"

这消息使哈尔惊呆了。"我真弄不懂,"他说,"船长怎么会不通知我们就把船开走呢?"

"可能是电话出了毛病,"罗杰猜道,他做梦也没想到他的猜测竟这么快就变成了事实,"船上装了那么多金子,你看会不会是特得船长……"

"别胡说。这个人不会,我敢拿性命担保。"

"卡格斯上哪儿去了?"罗杰说,"刚才,他说要去教堂。这会儿,早该回来了。"

哈尔想起卡格斯拎着的那个口袋,又想起那条满载着金子的"飞云号",用不着多费脑筋,他很自然把这两者联系起来。

"卡格斯,那个坏蛋!"

他打电话给狄克博士说:"我们的船不见了。我们猜,准是给人偷走了。"

"偷走了!谁会偷……"他马上想到他上午辞退的那个杀人犯、强盗。"我猜到了,"他说,"要我帮什么忙?"

"我们要追'飞云号'。能把飞翼潜艇借给我们吗?"

"完全可以。5分钟之后,它就会开到你们家门前。"

21 追捕

不到 5 分钟,飞翼潜艇就到了。坐在驾驶台上的还是那位把他们送到马里亚纳大海沟去的驾驶员。

往上浮的时候,他们不必停下来减压,因为潜艇里装满的氦气跟他们在底下呼吸的气体一样,气压也一样。关上舱门后,他们就箭一样地往水面冲上去。

到了水面,飞翼潜艇一个鱼跃,像表演杂技的鲸似的腾空而起,接着,在下喷气流柱的支撑下,在离水面近 4 米的空中飞速滑行。

"'飞云号'大概曾停泊在这儿。"哈尔说。他发现了那些纸屑。

"看,"他对驾驶员说,"跟着那些纸屑走。他没有去布里斯班,也没去悉尼。这条航道将把他带往凯恩斯北面那些人迹罕至的海湾,走私犯们常常利用这些海湾藏匿他们的赃物。要是找到那艘船,我们就得离开潜艇到那上面去。现在,请你慢慢地降低这里头的气压,使它在我们追上那条船时与外面的大气压一样。"

水面上再也看不到纸片了,驾驶员看着罗盘,把飞翼潜艇的航向拨得跟纸片漂流的方向完全一致。"魔毯"在水面上飞驰,不管是暗礁、沙岬还是珊瑚岛,它都能轻松地飞越;至于那艘船,当然啰,一遇上这种地方它都得绕开,所以,它现在可能已经向左或向右偏离了罗盘所指的航向。驾驶员一直注意着前方，哈尔守在右舷窗往外瞭望，罗杰则守在左边儿。

在"飞云号"上，情况可就不那么妙了。为了把船从海盗卡格斯手里夺回来，特得船长又作了一次勇敢的尝试。

趁卡格斯不留神，船长抓起了一根S形挽桩。这种在船上用来拴绳的桩子沉得像警察用的警棍一样。他往前跨了一步，悄悄来到卡格斯背后，举起手中的武器，以惊人的力量往下猛击。

卡格斯头一偏，S形挽桩擦过他的右太阳穴和面颊，血流出来了。

他一转身，双拳同时打出，一拳打在特得的下巴上，另一拳打中他的太阳穴。船长被击晕了，倒在甲板上不省人事。趁他还没苏醒，卡格斯抓起一卷绳子，把他的手和脚捆在一起，捆得结结实实。

"好啦，"他扬扬得意地说，"现在，你再也没办法捣蛋了。"

他的话音刚落，脚下就响起了摩擦声，船猛地震动了一下，停了。它触礁了。

原先，他还以为这样一条船他完全对付得了。但现在，他碰上了从未碰上过的事故。怎么样才能使船摆脱暗礁呢？

他抓住特得船长拼命又推又搡地喊："醒醒，起来干活儿。"

不管怎么推，船长就是不醒，他只好亲自干了。风压着船帆，在粗糙的珊瑚石上一寸一寸地往上推。剃刀般锋利的珊瑚石边正像利锯一样切割着船壳。船下传来水冒泡的噗噗声，他知道，一边的船板已经裂开，海水正从裂缝往船里涌。

他抬腿对着那位昏迷的船长又踢又蹬，要是他刚才那一拳不

21 追捕

打那么狠就好了。哎呀，得先把帆收下来。他收了帆，然后，到下头去关掉发动机。这时，他指望轮船会滑回深水里去，但船并没有动弹。他又打开发动机，让机器倒转。这应该能把船从珊瑚石上拖开，但船仍旧没动。海水在卡格斯脚下泼溅。

"得把水抽出去，船上有水泵吗？有的话，放在哪儿呢？"他自言自语道。

他走到船长身旁，狠踹一脚，把他踢醒了。特得睁开眼睛。"起来，懒东西。我们卡在暗礁上了。"

船长脸上隐隐露出一丝笑意。

"别忘了，"他说，"头儿是你，自个儿把船弄出来吧。"说着，他闭上眼，好像又要睡着。

卡格斯明白，只要船长的手脚还被捆着，他就绝不肯帮他的忙。他蹲下去动手解绳结，绳子解开了，他又再捆上，而且捆得更结实。只要这家伙还被捆着，他就不能调皮捣蛋。

卡格斯又想出一个主意，金子。这条船装满金子，船体太重。如果，把金子扔出船外……

想到这儿他懊丧极了，他费了这么多手脚，难道仅仅是为了最后失去这批财宝吗？但是，他再也想不出别的法子了。

他在冥思苦想，连海面上有东西跳出来也没在意，也许，那不过是一条鲸或者马林鱼。他走下船舱，伤心地望着那个巨大的金库。这笔财宝一到手，他下半辈子就不用发愁了。要不是他粗心大意让船触了礁，这些金子就全归他了。

唉！没办法，只好把金子甩掉了。他尽力抱起一大抱金条，摇摇晃晃地爬上舷梯。头顶上似乎罩着个阴影，他抬头一看，哈尔和罗杰正在梯口等着他。

那跳出海面的东西不是什么鲸，也不是什么马林鱼。卡格斯怀抱里的金条掉下来，顺着舷梯叮叮当当地落下去。他伸手去掏枪，有人大喝一声制止了他："住手！"是船长。两个孩子已经给他解开绳子，现在，他正握着枪对着卡格斯，随时准备开枪。

什么时候应该凶狠，什么时候该满嘴花言巧语，这点，卡格斯懂。他讨好地笑着说："我正在想办法拯救你这条船。"说着，他爬上了甲板。

"这么说，先偷船，然后，让它往暗礁上撞，"哈尔说，"就是你拯救这条船的办法吗？船长，我们该拿这家伙怎么办？"

"把他关起来。禁闭室就在水手舱那边。"

禁闭室是一个铁笼子，捣乱闹事的水手就关在里头。卡格斯被带到他的新居，钥匙一转，就锁在里头了。

"这样可以让他安分一阵子，"哈尔说，"直到我们把警察叫来为止。电话在哪儿？"

"喏，那就是电话，"特得船长指着摔碎在甲板上的电话说，"叫警察的事儿恐怕得暂时放一下，我们首先得让船脱离礁石。涨潮了，水位一升高，我们也许能浮起来。这会儿，我得开水泵把这里头的水抽掉一点儿。"

潮越涨越高，特得船长的双桅纵帆船仍然紧紧卡在珊瑚礁上。

"船尾那儿得有个锚，"船长说，"可我们没有小船把锚运到那儿去。"

"'魔毯'可以当小船用。"哈尔建议。他四处张望寻找那艘

21 追捕

飞翼潜艇,潜艇却早已踪影全无。驾驶员这会儿正驾着潜艇向海底城飞驰呢。

"罗杰和我可以把锚送过去。"哈尔又建议。他们脱光衣服,扛着锚,往船尾游了大约30米,把锚放下去,然后游回船上。

特得已经转动电起锚机,把系在锚上的绳索拉紧,这样做应该能把船从礁石上一点儿一点儿地拽开。

系锚的缆绳越拽越紧,紧得就像绷紧的弓弦。轮船的螺旋桨摩擦着珊瑚石,船底被珊瑚礁割出一道巨大的裂口。突然,缆绳嘭的一声绷断了。

他们白丢了一个锚,什么也没弄成。

船被拽开了一点儿,但事情反而搞得更糟糕,原来,船底上的裂口被礁石半堵着,现在完全无遮无拦地没入更深的水中。漫进船舱的水越发多了,水泵根本来不及抽出去。再这样下去,船体只会倾斜着离开礁石,船尾被冲下在海里沉没。

罗杰思绪万千。他想起发现澳大利亚的伟大航海家库克船长。他的船也触过礁,当时的情况和现在完全一样,地点也离这个地方不远。库克船长设法使自己的船幸免于难,罗杰还记得他当时是怎么干的。

"咱们往洞口上敷帆布吧。"他突然说。

特得船长的历史书籍读得不多,他宽容地笑了笑,心里想,胡说些什么呀?

"你是什么意思——敷帆布?"

"库克船长就是那样干的,我们为什么不能那样干呢?您这儿有旧帆吗?"

"那边有,在小舱里。"

罗杰取出旧帆,在甲板上铺开。

"来点儿沥青,有吗?"罗杰问。

特得船长忍不住了,"你搞的什么鬼?"

这时,哈尔也想起了库克船长用过的办法。"这小子干得对头,把沥青给他。"

他帮罗杰在帆布上厚厚地抹上一层沥青。

接着,他们把帆抬到船尾,放下水,拖到船底,蒙住那个裂口。

海水的压力把抹了沥青的帆紧紧地压在洞口,正在往里涌的水被堵住了。

"哎呀,我真蠢,"特得船长说,"我在这片海域里航行了50年,但仍然要学新东西。"

22 平安港

现在,抽水机总算能真格儿地干活儿了。一个钟头以后,它把船内的水全都抽到外头。水抽干了,船一下子轻了好几吨。

船长让起锚机倒着转,把缆绳放出来,跟系在锚上的那截绳子接在一起。潮水再次涨到顶时,起锚机上的电动机再次开动,缆绳绷紧了,船吱吱嘎嘎地呻吟着,擦着珊瑚礁被拖进了深水。

特得船长下了趟船舱,回来的时候,满脸笑容。

"那玩意儿还挺管用,一滴水都没渗进来。那个叫库克的家伙还挺有心计。你们现在想上哪儿?去走私犯们的海湾吗?"

"不,"哈尔说,"离这儿最近的什么港口有视察员、银行,以及能修我们这条船的船坞?"

"那只能到布里斯班去了,"特得船长说,"也许,你们能帮我把这些帆升起来。"

微风轻拂,纵帆船沿着新的航线疾驰。罗杰顺着绳梯横索爬到桅上面的瞭望台。他敏锐的眼睛在搜索海上的礁石。露在水面上的礁石不难发现,但是,许多礁石藏在水里,它们可能离水面很远,船从上面驶过不会有危险。有些礁石离水面可能不到一米,这种礁石罗杰看不见,但可以根据海水的颜色知道它们在哪儿。水深的地方,海水是湛蓝色的,水浅的地方是蓝色或棕褐色甚至是珊瑚红的。一发现前头出现这种危险的颜色,他就对在下面掌舵的特得船长大喊一声,船就调整航向绕过礁石。

这片水域布满暗礁,危机四伏,夜里不能走船。当夜幕降临,船就卷起帆,停泊在一个小岛的避风处。

清晨,当天边露出第一道曙光,"飞云号"就朝布里斯班起航了。它终于绕过最后一个岛,进入摩顿湾。

"我们到了。"特得船长宣布。

罗杰审视了那儿的海岸。原先,他还以为到达布里斯班后会看见一座大城市,可是,眼前除了亚热带丛林却什么也看不见,到处是棕榈、凤凰木、番木瓜、鸡蛋花、白玉兰,还有一些大树高达60米,巨大高耸的树干显得有点儿畸形可怕。

"可布里斯班在哪儿?"罗杰满腹狐疑。

"噢,我们还没有真正到达布里斯班。到那儿得顺布里斯班河上溯40千米左右。布里斯班河河道弯曲,非常危险。我们最好把帆放下来,开着发动机慢慢驶上去。"

布里斯班到了,那真是一座美丽的城市。

他们刚把船停好,澳大利亚的海关官员就上船来了。看见装鱼的货箱,他们问:"这是什么,海上水族馆吗?"

"我们在大堡礁捕到一些标本。"哈尔说。

"你们打算在这儿把它们卖掉?"

"不。我们要用船把它们转运到美国。要交关税吗?"

"不用。我们对鱼不感兴趣。还有别的货物吗?"

"嗯,"哈尔说,"下头还有几样东西。"

那几个人下舱去转了转,回到甲板上时,他们眼睛瞪得老大,眼珠子都快瞪出来了。

22 平安港

"你们的脚下是一个宝库，你们知道吗？"

"是的，我们知道。"哈尔说。

"这些宝贝，你们打算怎么处理呢？"

"分一半给你们，我是说给澳大利亚政府。那些东西是在一条沉船里发现的，船沉在澳大利亚海域，所以，金子的一半应该归澳大利亚。你们会鉴定吗？"

"不会，那归另一个部门管。我们给政府大厦打电话让他们派个视察员来。"

哈尔不大放心，他知道，有些政府部门工作效率很低。"我希望不用等太长时间，"他说，"我们不想在这儿待一两个星期。"

哈尔不用等一两个星期，15分钟后，视察员就到了，澳大利亚的工作效率毕竟还不算太低。陪着视察员来的还有3位警官。

视察员和警官们下到船舱看到那一垛又一垛金条。

警官们发现了关在禁闭室里的那个人。一位警官问："你是什么人？"

"一个不幸的海员。"

"那你怎么会被关在这儿呢？"

"船长关的。他是个人面兽心的家伙，你们一定要把他抓起来。"

"你叫什么名字？"

"约翰·史密斯。"

警官们上了甲板，一位警官说："谁是这条船的船长？"

"我。"特得船长说。

"那位约翰·史密斯是干什么的？"

22 平安港

"约翰·史密斯？谁是约翰·史密斯？"

"禁闭室里的那个人。他说他叫约翰·史密斯。"

特得船长放声大笑,"约翰·史密斯,是他说的？他名叫墨林·卡格斯？"

"卡格斯？你刚才说的是墨林·卡格斯？"

"一点儿不错。"

"为了找到叫这个名字的人我们已经忙了 8 个月。他在礼拜四岛杀了一个采珠人以后就销声匿迹了。这段时间他在什么地方？"

"这位是哈尔·亨特,"特得船长说,"有关卡格斯的情况他可以告诉你。"

"他一直待在海底。"哈尔说。

"你这是什么意思？他一直在干什么？"

"他一直在海底一座教堂里当牧师。"

"听着,"警官声色俱厉地说,"这是一件严肃的事情,别开玩笑。"

"我没开玩笑,"哈尔说,"你没听说过海底城吗？"

"我好像读过一点儿有关海底城的材料,他一直藏在那儿吗？"

"你总算明白过来了。"哈尔说。

"你了解他吗？"

"我们跟他住在一座房子里。"

"他没把你们杀掉真是你们的运气。"

哈尔笑了,但他什么也没说。

"他确实曾经企图杀害亨特兄弟,"船长说,"在大堡礁上,他故意在他们头顶上制造岩石塌方。"

"别提那事儿了,"哈尔拍拍头说,"他这儿有点儿不对头。"

"那越发有理由把他关起来了,"警官说,"不过,恐怕有一件事儿跟你有牵连,船长。我认为你有企图盗窃巨宝的嫌疑,因此要审讯你。"

特得船长拉长了脸,说:"你们凭什么怀疑我?"

"我们有一架飞机专门监视那些驶往'走私犯湾'去的船只。既然已经查清你们运载的是这么值钱的货物,我们就有正当理由怀疑你们曾经打算把这批货物卸在那儿。"

哈尔忍不住大声说:"警官先生,你大错特错了。偷这条船的是卡格斯,他把船长捆了起来。是他想把金子卸在'走私犯湾'。但他这个水手太蹩脚,把船撞到礁石上,撞了个大洞。我们追上了他,救了船长,就这样,卡格斯被锁进了禁闭室。如果你们的飞机飞回头,飞行员一定会发现,在摆脱礁石重新起航以后,我们就不再驶往'走私犯湾',而是直朝布里斯班驶去。这不,我们都在这儿,正拱手把这笔财宝的一半呈送给澳大利亚政府呢。这难道还不足以证明我们对走私并不感兴趣吗?"

警官笑了,"你说得很有道理,小伙子。"他跟哈尔、罗杰和船长一一握手。

他们说话时,视察员一直在舱下检查那批财宝,他上来说:"在下面我不可能做出准确的估价。你们得把那些金条全搬上来,在甲板上摊开,让我清点。"

一位警官说:"我说,你们干吗不让你们的朋友卡格斯帮忙

22 平安港

呢？有禁闭室的钥匙吗？"

特得船长把钥匙给他。不一会儿，3位警察押着卡格斯上来了，卡格斯在拼命叫骂挣扎，口口声声说自己是无辜的。警官吩咐他把金条搬上甲板。

"你们连自己在吩咐谁都不知道，"他说，"我不是卖苦力的。我是传福音的牧师，我的这双手不是干粗活儿的。"

"你的脑子也不是干活儿的，"一位警官说，"否则，你就不会落到这个地步。到了牢里，你就得做苦工了。所以，现在先实习一下也不错。"

船长和两个孩子已经开始把金条往上搬，视察员和警官们也帮着一起干。只有卡格斯绷着脸很不乐意。他拒绝一起干，警官用枪口捅了他一下，这时，卡格斯改变了主意。一位警官上上下下都紧跟着他，只要罪犯企图逃跑，他的枪随时会派上用场。

金条全都搬上来了，甲板上好像铺了一条金子的人行道。视察员清点后对哈尔说："一共是4400根金条。就是说，2200根是政府的，剩下的全是你们的。这笔财宝必须通过银行处理。你们想找哪家银行？"

哈尔说："布里斯班的银行你比我清楚，我什么也不知道。"

"我建议你委托昆士兰国立银行办理，"视察员说，"那是这儿最大的一家银行，离这儿又不远。我给他们打个电话，看能不能派人来。"

他在电话里说的话肯定引起了轰动，因为银行派来的不是别人，而是经理本人。看见那条金子铺的人行道，经理惊讶得几乎透不过气儿来。

"请核实一下我清点的数目,"视察员说,"然后,请您把这些东西运走,请人鉴定估价,再把估出的价值平分成两份,开两张支票,一张给政府,另一张给哈尔·亨特。"

"不,"哈尔说,"别把支票开在我的名下,请费心把我们的那一半分成两份,然后,开一张支票给海底科学基金会,另一张开给约翰·亨特父子公司。"

"什么鬼主意?"船长抗议道,"财宝是你们发现的,海底城根本无权瓜分这笔财宝。"

"我喜欢这样分,"哈尔说,"我相信我父亲也会同意这样分的。他们正在海底城里从事伟大的事业,基金充足,他们会干得更出色。我父亲所从事的也是一项美好的工作,他在保护那些濒临绝种的野生动物。如果没人去干这项工作,那些野生动物就会像恐龙或渡渡鸟①那样灭绝的。有了这笔资金,他就能把这项工作干得更好。"

"就按你说的办吧,"银行经理说,"银行的装甲车几分钟后就能开到这儿把这些东西运走。"

一位警官给警察局打电话要了辆囚车。车子一到,卡格斯就被塞进去,坐着免费便车坐牢去了。他对哈尔说的最后一句话是:"等我出来再跟你算账。"

剩下的活儿就是把那些装着珍贵的活标本的货箱转运上一条货轮,运往长岛的亨特动物养殖场。"飞云号"被送往船坞去修补船体上的洞。

---

① 渡渡鸟:原产于毛里求斯,一种已经绝种的鸟。——译者注

22 平安港

哈尔给父亲发了封海底电报：

> 标本由内燃机船"袋鼠号"运去。请查收昆士兰国立银行的条子。目前需我们干何事？请来电布里斯班兰伦酒店。

回电得等两三天才能接到，修补"飞云号"正好也要花两三天时间。

在海底那套简朴的寓所住了这么些日子，猛地住进宾馆，总觉得有点儿太豪华了。

坐在彩虹宾馆的餐桌旁，听着管弦乐队的演奏，喝着袋鼠尾汤，品尝着带半边壳的岩牡蛎和浇冰激凌的阿拉斯加烤点心，罗杰慨叹道："这儿的饭食也比下面的好哇。"

3天以后，他们收到了约翰·亨特的回电：

> 未确知尔等意向，仍为尔自豪。条子所指何物？建议考察世界第一大岛新几内亚。但需防范食人部落。船要保留。我们需鳄鱼、海牛、虎鲨、科莫多巨蜥①、极乐鸟、袋鼠、袋狸、袋貂、狐蝠、袋鼯、巨蝎、恐龙蜥蜴、澳洲蝰蛇、盾尖吻蛇、考拉熊、食人部落的头盖骨。

---

① 科莫多巨蜥：当今世界最长的蜥蜴，有2.7米多长，产于印度尼西亚科莫多岛。——译者注

23

食人部落探险

哈尔瞪着弟弟。

"我们还从来没有承担过这样艰巨的任务,"他说,"真不明白为什么偏偏选中新几内亚。"

"因为那地方离这儿近,"罗杰猜测道,"不就在大堡礁的末端吗?"

"对,就挨着澳大利亚北端。但是,跟澳大利亚一比,新几内亚就好比是一头猛虎,澳大利亚则像一只羔羊,这就是两者的差别。像你这样的小家伙到那儿去乱逛,最危险不过了。他指望我照顾你,把我当成什么人了,看小孩的保姆?"

罗杰发火了,"再说下去我就把你的鼻子揍扁。你凭什么说我没有照料自己的本领?"

哈尔说:"你有调皮捣蛋的本领。"

"难道我不是一次又一次自己摆脱了危险吗?"

哈尔想了一会儿,说:"对,我想你是自己设法脱了险。但你还从来没有面对过成帮的食人部落。"

"食人部落?胡扯!爸是在开玩笑,根本没有什么食人部落,不管什么地方都没有。新几内亚岛难道不是澳大利亚管辖的地方吗?他们不会允许那儿有吃人的人。"

"要是能制止的话,他们绝不会允许的,"哈尔表示同意,

23 食人部落探险

"但很难做到。想一想吧,摆在他们面前的是什么。除了格陵兰岛,新几内亚是地球上最大的岛。而且,新几内亚岛上实际上全是山,高大的山,有些海拔四五千米。那个国家大部分地方没有公路,野人部落坐落在与世隔绝的山谷里,这些人大都从来没见过白人。你说,澳大利亚的警察怎么能在他们无法涉足的地方维持秩序?"

罗杰不以为然,"如果那儿不安全,爸是不会派我们去的。"

"他已经告诉我们那儿不安全,"哈尔反驳道,"他说,需防范食人部落。好啦,我可不能一面警惕着食人部落一面防范着你。你可以搭飞机回家了,我一个人去。"

罗杰怒不可遏,"你撵我回家?你敢!别忘了,我们公司的全名是约翰·亨特父子公司,注意,是儿子们,不是一个儿子。再说,很可能正是你,而不是我,会碰上麻烦,可能需要我的帮忙。"

哈尔笑了。他明白,弟弟长大了,长成男子汉了。"好吧,我投降,"他说,"我们永远在一起。"他给父亲发了封电报:

拟动身前往新几内亚。